Bernhard Vogel

Anton Rubinstein

Biographischer Abriss nebst Charakteristik seiner Werke

Bernhard Vogel

Anton Rubinstein

Biographischer Abriss nebst Charakteristik seiner Werke

ISBN/EAN: 9783743641402

Hergestellt in Europa, USA, Kanada, Australien, Japan

Cover: Foto ©Raphael Reischuk / pixelio.de

Weitere Bücher finden Sie auf **www.hansebooks.com**

Anton Rubinstein.

Rubinstein.

Biographischer Abriß
Charakteristik seiner Werke.

Von

Bernhard Vogel.

Mit Porträt Anton Rubinsteins.

Leipzig.
Max Hesse's Verlag.
1888.

Frau Professor Wanda Winterberger
hochachtungsvoll zugeeignet.

Blickt auf uns der helle Weihnachtsstern,
wachen auf der Dankbarkeit Gefühle:
Und ich brächte Schönstes Dir so gern
mitten aus des lauten Markts Gewühle!

Aber meine Gabe, wie so klein
dünkt sie mir zu meines Wunsches Größe!
Trüg' sie nicht den Namen „Rubinstein",
fühlt' ich schwerer noch der Armut Blöße.

Längst schon drängt's mich, der Hochachtung Zoll
vor Dir, Hochgesinnte, auszubreiten;
Mund geht über, weß das Herz ist voll
und es stammeln Reime nur bescheiden:

Nimm das Büchlein auf, wie es gemeint:
Als ein Zeichen dankbarster Verehrung!
Wenn ihm Deines Anteils Sonne scheint,
doppelt lach' die Pracht der Christbescherung!

Leipzig, Weihnachten 1887.

Bernhard Vogel.

Vorwort.

Daß Anton Rubinstein in der Kunstgeschichte des neunzehnten Jahrhunderts zu den glänzendsten Erscheinungen von internationaler Berühmtheit zählt, wer möchte das bezweifeln? Wer wie er seit einem halben Jahrhundert die Welt in Atem erhält, der beweist schon damit seine Außerordentlichkeit. Bei der Frage nun: hat sich mit der Zeit über die Gesamtbedeutung des Künstlers im In= und Ausland ein Urteil gebildet, das man wenigstens in der Hauptsache als zutreffend, endgültig abgeschlossen betrachten darf?, kann eine bejahende Antwort vorläufig noch nicht gegeben werden. Denn während auf der einen Seite frauenzimmerliche Verhimmelung das Wort führt und ihren schwärmerisch verehrten Liebling jedem noch so leisen Luftzug ruhig abwägender kritischer Betrachtung zu entziehen sucht, fährt eine andre Partei gegen ihn das grobe Geschütz wegwerfender Aburteilung vor und läßt an seinen Schöpfungen kein gutes Haar.

Daß weder mit dem einen noch mit dem andern Verfahren der Gerechtigkeit entsprochen wird, liegt auf der Hand; die allzu zimperliche Glacéhandschuhmanier, die jedem kräftigen Angriff vorsichtig ausweicht, taugt ebensowenig wie die grundsätzliche Landsknechtsgrobheit, die ihre Stärke im Verneinen findet. Versuche vorliegendes Büchlein nun weder in den Fehler der einen noch in den der andern Partei zu verfallen! Die rechte Mitte einhaltend, das Züngle in der

Wage der Entscheidung genau beobachtend, wird es den M[
finden zu freier Aussprache über alles, was dazu hera[
fordert und überall sich darüber Rechenschaft zu geben wiss[
warum es hier freudig lobt und anerkennt, dort mit d[
Tadel nicht zurückhält.

Bei der Unmasse des Materials, das uns vorliegt [
Würdigung der schöpferischen Seite Anton Rubinsteins, h[
delt es sich um eine genaue Sichtung und Fixierung d[
jenigen Kompositionen, die in sich selbst die Bedingun[
längerer Lebensdauer tragen. So allein ließ sich ein Üb[
blick über das Schaffen Rubinsteins und damit der ih[
entsprechende Maßstab der Beurteilung gewinnen. Kein W[
wird verloren über alles, was zwar gewogen, aber zu lei[
gefunden worden.

Leipzig, 5. Dezember 1887.
(Mozarts Todestag.)

Bernhard Vogel.

Anton Rubinsteins
Lebens- und Entwickelungsgang nebst Charakteristik.

So entscheidend und tief eingreifend der Einfluß gewesen sein mag, den auf die geistige Entwickelung so manches zu hohem Ruhme gelangenden Sohnes die Mutter ausgeübt, so hat er sich doch bei keinem Künstler des neunzehnten Jahrhunderts in gleicher Stärke und Unmittelbarkeit geäußert, wie bei Anton Rubinstein; er, dessen Wiege in einem kleinen, weltfernen wallachischen Dorf, in Wechwotynez bei Jassy gestanden, empfing Jahre hindurch den Unterricht im Klavierspiel von seiner Mutter; und wenn Heine das hohe Verdienst, in der Folge ein großer Dichter und Schriftsteller geworden zu sein, in erster Linie dem Umstande zuschrieb, daß seine Mutter es sich keine Mühe verdrießen ließ, ihm die ersten Anfänge in der Schreibkunst beizubringen und ihn einzuweihen in die Geheimnisse des Alphabets, so kann Rubinstein von sich das Ähnliche behaupten; zu dem, was er geworden, hat sie, die geistig geweckte, kunstvertraute, mit seltenem pädagogischen Geschick begabte Frau, den Grund gelegt; die Vorsehung bescherte ihr aber auch den schönsten Lohn, den eine mütterliche Lehrerin sich nur erträumen mag: Anton sollte vor ihren Augen die höchsten Stufen der Virtuosität, des Pianistenruhmes erklimmen; hochbetagt noch schenkte sie seinem Spiel lebhafteste Aufmerksamkeit, und kein Lob soll den dankbaren Sohn mehr beglücken, kein Tadel aber auch auf ihn tiefer wirken, als der seiner Mutter; was dem jungen Wolfgang Mozart sein Vater leider nur kurze Zeit gewesen, das blieb dem Anton Rubinstein die Mutter zwei Menschenalter hindurch. Der Funke, der in dem Knaben schlummerte, blitzte vor den Augen der Mutter gar bald so gewaltig auf, daß sie wohl oft, als sie ihren kaum Sechsjährigen hingeführt zu Clementi, Haydn, Mozart ꝛc. freudig erschrocken sein mag; wiederholten sich doch mit der Zeit alle die Symptome, die Wunder, die einst Vater Liszt an seinem Söhnlein Franz beobachtet hatte; kaum daß ein, nach gewöhnlicher Abschätzung schwieriges Stück in Angriff genommen worden, beherrschte es der Tausendsassa so vollständig, daß keine Note verloren ging und jede fest in seinem Köpfchen sitzen blieb; bald gab es nichts mehr, das er nicht sofort vom Blatte gespielt hätte.

Der ländlichen Einsamkeit seines Geburtsortes glücklicherweise bald entrückt — der Vater siedelte nach Moskau über und errichtete dort eine Bleistiftfabrik — kam Anton, geb. am 30. Nov. 1829, in die Nähe eines allgemein anerkannten, ausgezeichneten Klavierpädagogen namens Villoing. Die Mutter pries sich glücklich, in ihm den Mann zu finden, dem sie in aller neun Musen Namen die weitere pianistische Ausbildung übertragen konnte, und Anton folgte der Führung des neuen Lehrers so begeistert, und mit einer Treue, daß keine Macht der Welt das Band zerreißen konnte, das zwischen ihm und seinem Mentor so früh sich angesponnen. Mit neun Jahren bereits betrat Anton das Konzertpodium; was immer Schmeichelhaftes, Überschwengliches, Richtiges und Falsches über ein „Wunderkind" gesagt werden kann und gesagt worden sein mag, es wurde damals nachdrücklichst ausgesprochen. Dem Erstaunen gab natürlich Paris, das er in Begleitung Villoings 1839 zum erstenmale besuchte, umsomehr lebhaften Ausdruck, als unter den Enthusiasten sich als erster Franz Liszt befand.

Einem ziemlich gut verbürgten Zeugnis zufolge rief Letzterer beim Anhören der Antonschen Konzerte aus: „Seht, der wird der Erbe meines Spieles", und dieser Ausruf fiel außerordentlich ins Gewicht: der ihn gethan, war seit Jahren anerkannt als ein gekrönter Sieger, als ein Napoleon im Reiche der Virtuosität, der alles bezwungen, was ihm auf dem Felde der ausübenden Kunst gegenübergetreten; wer wie er einen Thalberg, den vielbewunderten aus dem Sattel gehoben und damit den Parisern zu sagen schien: „du sollst keine andern Götter haben neben mir!" der saß felsenfest auf dem Throne der höchsten Autorität; was immer sie aussprechen mochte, das galt für einen Orakelspruch und wenn sie den Mund geöffnet zu einer so glückverheißenden Prophezeiung, so glaubte jeder steif und feſt an ihre Erfüllung. Der vielbewunderte Knabe mit den ſchwarzen Locken, mit dem phantaſievoll dreinblickenden Augenpaar, mit ſeinen Geſichtszügen, auf denen der Stempel der ſlaviſchen Nationalität aufs entſchiedenſte ſich ausprägte, bildete ſchon damals den Gegenſtand der Pariſer Unterhaltungen, in den glänzendſten Salons lebte ſein Name auf aller Lippen, wie ſiebzig Jahre früher der vom jungen Wolfgang Amadeus Mozart.

So erfolgreich dieſer erſte **Pariſer** Ausflug für den jugendlichen Pianiſten ſich auch geſtalten mochte, ſo wurde doch bald wieder an die Rückkehr nach der ruſſiſchen Hauptſtadt gedacht; Lehrer wie Mutter ließen bei ſolchem Entſchluſſe von der ſicherlich gerechtfertigten Überzeugung ſich leiten, in dem zerſtreuenden Gewühle der Weltſtadt ſei auf der Dauer der rechte Boden nicht zu finden, auf dem eine junge Begabung ſo feſte Wurzeln ſchlagen könne, um zu der Vollblüte zu gelangen, die ihr zu winken ſchien.

In der Heimat, wo mehr und mehr Antons Virtuoſentalent privatim und öffentlich ſich bethätigte, ſollte ſeines Bleibens nicht allzu lange ſein. Die Vorſehung, in Geſtalt ſeiner Mutter, beſtimmte ihn zu einer Studienreiſe nach **Deutſchland**; ſie gab ihm dahin treulich das Geleite und der jüngere Bruder Nikolaus (gleichfalls ein bedeutender Pianiſt, vor mehreren Jahren aber bereits verſtorben) vervollſtändigte das Familientrio. Berlin war zunächſt das Reiſeziel; hier ſollten die Brüder die Lücken ergänzen, die bis dahin ihrerſeits auf dem Felde der muſikaliſchen Theorie noch nicht ausgefüllt worden waren.

Meyerbeer, in der Erteilung von guten Ratſchlägen an alle, die ihn darum angingen, immer freigebig und liebenswürdig wohlwollend, hatte ihnen als Lehrer in der Kompoſition den damals ſehr angeſehenen Prof. Dehn, neben A. B. Marx die höchſte muſikaliſche Autorität Berlins, empfohlen. Anton und Nikolaus, weder die erſten noch auch die letzten, die zu den Füßen des ausgezeichneten Theoretikers geſeſſen, widmeten ſich mehrere Jahre hindurch ernſthaftem Studium in allen Zweigen des muſikaliſchen Wiſſens und zogen aus dieſem Unterricht einen Gewinn, für den ſie dem Lehrer unverbrüchliche Dankbarkeit zu bewahren vollauf Urſache hatte. Nach allen Richtungen mit dem Kunſtleben Berlins vertraut geworden, drängte es dem älteren Bruder, nunmehr auch die Kaiſerſtadt an der ſchönen

1*

blauen Donau näher kennen zu lernen und hier in Wien war es Dr. Becher, der geistvolle Musikschriftsteller (als Revolutionär und Gesinnungsgenosse Robert Blums von Windischgrätzschen Kugeln standrechtlich erschossen!), der dem jungen Künstler das glänzendste Prognostikon stellte; sein Ausspruch besaß für Rubinstein insofern besondern Wert, als er in der großen Öffentlichkeit gethan wurde und für ihn als erstes litterarisches Zeugnis zu gelten hatte. Das frische Leben Wiens mutete Rubinstein wie jeden empfänglichen Musiker außerordentlich an; von hier aus ließ sich der Gedanke, auch einmal Land und Leute von Ungarn zu betrachten, bequem ausführen und sobald sich ihm erst der Flötist Heindel angeschlossen, der hervorragende Meister seines Instrumentes (auf dem August=Schützenfeste 1849 in Nürnberg verirrte sich zu ihm eine totbringende Kugel), nahm die Wanderung einen fröhlichen Anfang; sie gestaltete sich natürlich zu einer Konzertreise, und Pianist wie Flötist teilten sich brüderlich in die dort eingeheimsten klingenden Ergebnisse und sonstigen Auszeichnungen.

Nach dem romantischen Abstecher ins Land Heinrichs von Osterdingen kehrte Rubinstein wieder nach Berlin zurück. Dort hatte sich inzwischen der politische Himmel stark umwölkt, und heimlich kündigten sich die Donner des Volksaufstandes an und als das Gewitter der Revolution mit aller Macht 1848 sich zu entladen begann, packte der Künstler seine Reisekoffer und rüstete sich zur Abreise nach Rußland; denn was konnte ihm der Aufenthalt in einer Stadt noch bieten, wo sich gelöst die Bande frommer Scheu, wo die Volkswut sich entfesselte und keinen Gedanken an friedliche Kunstpflege aufkommen ließ. Wenn er beim Scheiden von der kanonendurchdonnerten Königsresidenz die Summe zog von allem, was er in ihr erlebt, erstrebt und erreicht hatte, so war das Ergebnis für ihn gewiß nicht unbefriedigend; auf jeden Fall würde die weitere künstlerische Entwickelung Rubinsteins einen andern Gang genommen haben, hätte sie hier nicht eine zuverlässige Richtschnur aus den Händen der exakten musikalischen Wissenschaft erhalten; als Musiker hatte er nunmehr einen festen musikalischen Grund und Boden unter den Füßen.

Die Heimat begrüßte ihren Sohn mit freudigem Willkommsgruß; stark war in ihm die Schaffensfreude und um sich, toll kühn wie nun einmal der Jüngling sein darf, sogleich an etwas

Großem zu versuchen, schritt er an die Komposition einer Oper; sie war dreiaktig, führte den Titel „Dimitri du Don", blieb aber, gleich so vielen Erstlingen junger Komponisten, wer weiß wie lange unaufgeführt, ein Schicksal, das nur einem Neuling in der Theaterpraxis, zumal in der russischen, besonders merkwürdig scheinen konnte. Die darum erduldeten Leiden verwandelten sich aber später, als das Werk endlich den Weg auf die Bretter gefunden und einen schönen Aufmunterungserfolg sich errungen, in desto strahlendere Freuden; lenkte diese Oper doch auf den jungen Künstler die Gunst einer der edelsten und mächtigsten Protektorinnen Rußlands. Die Großfürstin Helene, deren Begeisterung für alles Große und Schöne in Kunst und Wissenschaft wetteiferte mit einem feinen, wohlgeschärften Verständnis und einem unbegrenzten Wohlwollen für die lebenden Künstler, fand in dieser Oper ein so ausgesprochenes Talent, daß ihr die heilige Pflicht nahegelegt schien, fortan es ihrem fürstlichen Schutze zu unterstellen und alle Mittel und Wege zu ersinnen, um dem jungen Künstler, in dem sie die Blüte und den Stolz Rußlands erblickte, die glücklichste Entfaltung zu gewährleisten.

Im Palais Kamenoistrow wurde ihm eine Wohnung eingeräumt, damit er dort, fern von dem zerstreuenden Gewühle des öffentlichen Lebens in vollster Freiheit schaffen und seiner Muse dienen könne, wie ein junger Priester seiner Braut, der Kirche. Damals stellte er sich seine Muse am liebsten als Vollblutrussin und in sarmatischer Nationaltracht vor und auf ihrem Altar legte er denn, von der Großfürstin dazu angeregt und aufgemuntert, zunächst musikalische Opfer nieder, die zugleich als Verherrlichungen seiner Heimat gelten wollten und als Charakterbilder der verschiedenen Volksstämme aufgefaßt zu werden wünschen; es entstanden auf diese Weise: „Tscherkesse" (Die Rache), „Sibirische Jäger" und „Thoms, der Idiot des Dorfes"; inwieweit es dem Komponisten gelungen ist, das vorgesteckte Ziel zu erreichen, haben wir nicht recht genau ermitteln können, zumal sich diese Werke — sämtliche drei Opern sind einaktig — nicht lange am Leben erhielten und kaum über die Grenzen Rußlands hinausdrangen; Klavierauszüge sind weder von der einen noch der andern Oper uns zu Gesicht gekommen; es werden eben Opernerstlinge gewesen sein, wie die von andern Strebensgenossen; Jugendopern mögen nicht ohne einen gewissen

Wert für deren Schöpfer sein, beanspruchen aber für die Litteratur weiter keine hervorragende Beachtung.

Was Rubinstein im Laufe der Jahre von 1848—1856 außerdem noch geschaffen, das füllte dicke Bände und stellte ein stattliche Bibliothek bereits dar. Es galt nun, mit diesen Werken die große Öffentlichkeit bekannt zu machen und für sie Verleger zu suchen. Auf seiner großen Konzertreise 1856 bot sich ihm dazu die beste Gelegenheit. Wo überall er damals aufgetreten, zuerst in Hamburg, sodann in allen großen Musikstädten Deutschlands, Frankreichs und Englands, überall setzte er mit der Kühnheit seiner Virtuosität das Publikum in höchstes Erstaunen und machte zugleich für seine Kompositionen die fördersamste Propaganda. Die Welt hatte wohl früher schon von dem neu aufgetauchten pianistischen Wunderkind vernommen und an dessen glücklicher Entwickelung freudigen Anteil genommen sehr schwerlich jedoch war sie bis dahin von den tonschöpferischen Bestrebungen und Thaten ihres Lieblings unterrichtet worden denn wer hätte ihr darüber Bericht erstatten können? Um so überraschender war es für die Hörerschaft, nun auch bekannte zu werden mit seinen mannigfaltigen, großen und kleinen Klavier und sonstigen Kompositionen; wer in der Doppeleigenschaft des Virtuosen und Komponisten vom Konzertpodium aus auf die Masse wirkt, ist immer doppelter Bewunderung sicher und innerhalb zweier Jahre, von 1856—1858, erntete er denn auch nach beiden Richtungen solche Erfolge, daß er seinen Zweck als vollständig erreicht betrachten, vorläufig wieder nach Rußland zurückkehren und daran denken durfte, eine Pause im aufreibenden Konzertieren eintreten zu lassen und nach einer festen Lebensstellung auszuspähen. Letztere war bald, sogar ohne sein Zuthun gefunden, denn damals beeilte man sich in den höchsten Kreisen Petersburgs, ihn zum kaiserlichen Konzertdirektor mit einem lebenslänglichen, sehr hoch bemessenen Gehalt zu ernennen.

Zu derselben Zeit, 1859, trat die „Russische Musikgesellschaft" ins Leben, ein von der hohen Aristokratie, den einflußreichsten Kreisen unterstütztes Kunstinstitut, das, über die ausgiebigsten Mittel verfügend, berufen war, dem gesamten Musikleben Petersburgs, ja Rußlands einen Mittelpunkt zu geben, die Pflege einer edleren Kunstrichtung anzubahnen (ungefähr nach dem Vorbilde des Leipziger Gewandhauses) und auch den Strömungen des nationalen Kunstaufschwunges sich nicht zu verschließen. Mit der artistischen Oberleitung dieses Institutes wurde Anton Rubinstein betraut; an Eifer und Thatkraft, die Tendenzen der Gesellschaft zu befolgen und treu durchzuführen, gebrach es ihm keineswegs; so erfreuten sich die Konzerte bald der kaiserlichen Gunst und bald gehörte es zum guten Ton, diesen Aufführungen beizuwohnen; wer den obersten Zehntausend beigezählt sein wollte, durfte ihnen keinesfalls fern bleiben.

Auch nach außen drang bald die Kunde von dem überraschenden Aufblühen der Gesellschaft; die gefeiertsten Künstler und Künstlerinnen aller Länder trachteten darnach, in den Petersburger Konzerten aufzutreten und wenn ein so hochgefeierter, gesinnungstüchtiger Komponist wie Robert Volkmann seine zweite Symphonie (B-dur op. 53) der russischen Musikgesellschaft widmete, so war das eine Auszeichnung, die vom Direktorium sicherlich nach vollem Verdienst gewürdigt worden und in ihr Archiv mit großen Buchstaben eingetragen ist. Petersburg entbehrte vor 25 Jahren noch eines Konservatoriums; wie Mendelssohn gar bald, als er an die Spitze der Leipziger Gewandhauskonzerte getreten, von der Notwendigkeit der Gründung einer musikalischen Fachschule sich überzeugte und eine solche schuf, so in Petersburg auch Rubinstein; das enge Band, das zwischen Gewandhaus und Konservatorium in Leipzig von jeher bestand und noch zur Stunde besteht, sollte auch die „russische Musikgesellschaft" und ihr Konservatorium umschlingen; hier wie dort fungierte als artistisches Oberhaupt Anton Rubinstein. Daß er von den Vollmachten, die ihm an beiden Instituten eingeräumt werden mußten, zur rechten Zeit den rechten Gebrauch gemacht, war ihm nicht zu verdenken; denn gerade dort, wo der Boden noch hart, und mit steinigten Elementen zersetzt war, mußte mit eiserner Faust eingegriffen werden, wenn anders ihm mit der Zeit Früchte abgerungen werden sollten; eine befriedigende Organisation zu erzielen, dazu bedarf es einer straffen Disziplin und einer weitgehenden Geduld. Letztere Tugend liegt freilich dem Temperamente Rubinsteins nicht gerade nahe, doch gewöhnte er sich von ihr damals immerhin einen Bruchteil an.

Länger als fünf Jahre indessen mochte er die Ketten einer Direktorialstellung nicht tragen; als das Jahr 1867 sich dem Ende zuneigte, fühlte er in sich den Konzertreisedrang wiederum mit einer Gewalt, daß er ihm nicht länger zu widerstehen vermochte; mehr frohen als betrübten Herzens sagte er den Petersburger Amtswürden Lebewohl und stürzte sich mit altem Enthusiasmus in die Wogen des Virtuosenlebens; wiederum hielt er die gesamte Kunstwelt in Atem. Wer ihn während dieser Jahre zum ersten Male gehört, der glaubte vor sich einen Giganten sitzen zu sehen, der überdrüssig der Arbeit, den Pelion auf den Ossa zu türmen, sein Mütchen kühlte am Bechsteinschen Konzertflügel.

Wer die Bekanntschaft mit ihm erneuerte, dem schien es, als hätte sein Spiel noch gewonnen an Feuer und elementarer Gewalt, an innerer Glut und äußerem Glanze, an Kühnheit, Ausdauer und Schwungkraft. So wurde fast ganz Europa von 1867—1870 Zeuge von Rubinsteins ungeheuren Triumphen. Amerika blieb hinter der alten Welt nicht zurück in der Bewunderung des neu angekommenen Flügelhelden; im Winter 1872—1873 hallten die Konzertsäle der größten amerikanischen Städte wieder vom Ruhme des Virtuosen und Komponisten Rubinstein, denn gerade in letzterer Eigenschaft machte er überm Ozean noch viel größern Eindruck als anderwärts und in Amerika sollten denn auch seine Kompositionen die weiteste Verbreitung finden. Nächst Amerika hat England ihm die rauschendsten Ovationen dargebracht; auch die Söhne des blonden Albion schwärmen seit 1877 (dem Jahre seines dortigen siegreichen Erscheinens) ebensosehr für den Virtuosen wie für den Komponisten Rubinstein.

In den letzten zehn Jahren tauchte wiederholt das Gerücht auf, Rubinstein wolle das öffentliche Konzertieren aufgeben und damit dem Beispiele Liszts folgen, der ja auch, nachdem er das vierzigste Jahr zurückgelegt und ungezählte Triumphe errungen, von dem Virtuosenleben Abschied nahm, um ausschließlich der Komposition sich zu widmen und seinen ihm zuströmenden Schülern bis zum Ende zu leben. Wohl möglich, daß auch Anton Rubinstein zu Zeiten nach den Strapazen der ausgedehntesten Konzertreisen mit dem Goetheschen Wanderer ausgerufen:

Ach ich bin des Treibens müde...
Süßer Friede, süßer Friede
komm, ach komm in meine Brust!

Immer aber, so oft er eine nicht allzulange Ruhepause sich gegönnt, entschloß er sich zu neuen Konzertausflügen, dem letzten Auftreten ein allerletztes, und dem allerletzten noch ein aller=allerletztes anzufügen. Vorläufig hat er das Virtuosenleben abgeschlossen mit jenen sieben Abenden, in denen er einen Überblick gab von der Geschichte und der Entwickelung der Klavierlitteratur aus der ältesten bis auf die neueste Zeit. Über die Bedeutung und Tragweite dieser Vorträge ist sich wohl keiner im Unklaren geblieben; wo überall er im In= und Auslande damit sich verabschiedet hat, staunt man die Größe der Siebenabendthat aufrichtig an und gerät in Verlegenheit, etwas ausfindig zu machen, was man ihr zur Vergleichung etwa an neueren und neuesten pianistischen Vorträgen gegenüberstellen könnte. Es scheint uns notwendig, auf diese Abschiedsabende ausführlicher in einem besonderen Kapitel einzugehen.

Konnte es einer so bedeutenden Erscheinung, wie der Anton Rubinsteins am Glanze aller der Ehren und Auszeichnungen fehlen, mit denen Kaiser und Könige die Auserwählten der Kunst zu beglücken pflegen? Frühzeitig kam er in den Besitz solcher Huldbeweise. Jahr für Jahr mehrte sich auf seiner Brust die Last goldener Ketten, Orden, Kreuze. Für ihn, den Russen, mußte 1869 der ihm vom Kaiser Alexander verliehene Wladimir=Orden insofern von höchster Bedeutung erscheinen, als mit dieser Auszeichnung die Erhebung in den Adelstand Hand in Hand geht. Was liegt näher, als daß der Neid so vieler, die gerade in Rußland nach derartigen Standeserhöhungen lungern, eine reichliche Nahrung fand? Wenn 1877 Mac Mahon, der damalige Präsident der französischen Republik, ihm persönlich der Orden der Ehrenlegion überreichte, so brachte das die Gemüter in Petersburg wahrscheinlich viel weniger in Aufregung, als die acht Jahre vorher erfolgte Wladimirordendekoration; obgleich auch das Band der Ehrenlegion bei manchem Ausländer in hohem Ansehen steht und Gegenstand heißester Sehnsucht ist. Genau aufzuzählen, was sonst ihm noch das In= und Ausland, die alte und neue Welt ihm beschert, was für Ehrendiplome, Ehrenmitgliedschaften ihm angetragen worden, scheint uns an dieser Stelle nicht von nöten; genug, daß der Thatsache Erwähnung geschehen; die Mitwelt hat nicht versäumt, vor dem großen Künstler Beweise der Verehrung niederzulegen; niemand aber darf auch weniger über Undank, Zertrümmerung des wahren Verdienstes ꝛc. klagen, als gerade er.

Rubinstein ist seit Jahren verheiratet mit der Tochter

eines russischen Generals; der Ehe entsproß ein erfreulicher
Kindersegen. Seinen Nachkommen die Bedingungen des Daseins
so sorgenfrei und glänzend als möglich zu gestalten, ist das un=
ermüdliche Trachten des zärtlichen Vaters und aus dieser Ge=
sinnung erklärt sich zum Teil seine rastlose Thätigkeit, die man
bisweilen falsch gedeutet hat. Unterstützt von einer fabelhaften
Ausdauer, einer eisernen Willens= und Arbeitskraft, regt sich
Geist und Hand bei ihm ohn Unterlaß.

Rubinstein ist außerordentlch fruchtbar; nicht allein, daß
er bereits jetzt eine Werkziffer erklommen, die über die eines
Beethoven weit hinausragt und selbst die eines Schumann oder
Mendelssohn in den Schatten stellt, so begreift seine Produk=
tivität alle Gebiete der musikalischen Litteratur in sich und auf
jedem ist er vertreten mit einer Anzahl sehr umfangreicher Werke.

Wer wie Rubinstein keinen Tag vergehen läßt, ohne dem
Notenpapier irgend ein Geheimnis anzuvertrauen, dem ist
Schaffen gleichbedeutend mit einer süßen Gewohnheit des Da=
seins; ihm geht die Arbeit offenbar sehr leicht aus der Hand
und das erklärt vielleicht zum Teil jene Ungleichartigkeiten, die
in den meisten seiner Kompositionen bemerkbar werden. Bei
ihm ist keine Rede von langem Überlegen, sobald ein Gedanke,
der ihm gekommen, nach irgend welcher künstlerischer Ausgestal=
tung verlangt; die erste Lesart, die er für das oder jenes in guter
oder schlimmer Stunde findet, betrachtet er meist zugleich für
die beste und der fliegende Atem, der seiner Inspiration eigen,
geht nun auch über in die fertigstellende Ausarbeitung. Bei
Werken kleineren Umfanges mag dieser Schaffensprozeß unbe=
anstandet bleiben, und selbst den betreffenden Produkten insofern
zu statten kommen, als sie von einem natürlichen Reiz, einem
frischen Duft umflossen scheinen, von gefälligem Fluß und Guß
gehoben und getragen werden. Handelt es sich aber um Werke
großen Stiles, sofern sie nachhaltig wirken und in vollstem
Sinne stichhaltig sich erweisen sollen, so ist auch nicht mit leichtem
Wurf, nicht mit keckem, luftigem Aufbau gedient, sondern allein
mit einer wohldurchdachten Disposition, einer klaren Anordnung,
die meist erst das Ergebnis langen, mühereichen Abwägens ist;
solchem langsamen Schaffensprozeß bleibt aber auch die schönste
Frucht nicht aus und ein solches Ringen ist sicherlich, wie Klop=
stock mit den Worten einer seiner bekanntesten Oden bekennt,

„des Schweißes der Edlen wert."

Von den neueren Komponisten ist hinsichtlich der Vielseitigkeit und Produktionsgeschicklichkeit Rubinstein am meisten noch mit Ludwig Spohr verwandt: auch bei ihm war der Weg vom Kopf zur Hand, von der Idee zur Ausführung ein sehr kurzer; wenn wir wohlunterrichteten Gewährsmännern glauben dürfen, warf Spohr das meiste frischer Hand hin und sehr wenig ist uns bekannt geworden von seinen Skizzenbüchern, in seinen Briefen mit Franz Hauser thut Moritz Hauptmann dieser Thatsache Erwähnung und knüpft daran mancherlei Betrachtungen. Es ist wohl kein Zufall oder blinde Schicksalslaune, wenn von den überaus zahlreichen Erzeugnissen des großen Geigerfürsten nur ein sehr kleiner Bruchteil am Leben sich erhalten und als noch wirkungsfähig sich erweist, während das Meiste der Vergessenheit anheimgefallen; aus keinem andern Grund, als weil es bei näherem Abwägen für zu leicht befunden wird und jenen Gehalt vermissen läßt, der allein gewonnen wird, wenn ruhiges Nachdenken anhaltend die Ausflüsse der schaffenden Phantasie prüfender Kontrolle unterzieht.

Mag einem Haydn, einem Mozart kraft ihrer sprudelnden Schöpferkraft, ihrer ungebrochenen Naivetät langes Suchen und Wählen erspart geblieben und es gelungen sein ihre größten Werke, wenn wir uns volkstümlich ausdrücken dürfen, „aus dem Ärmel zu schütteln", ein Beethoven bereits versuchte die Götter nicht mehr, er konnte sich in Besserungen und Ausfeilen kaum genug thun. Seit uns Nottebohms Bemühungen einen Einblick in Beethovens „Skizzenbücher" verschafft haben, wissen wir erst, was den großen Schöpfungen des Meisters zu einer so eisernen Stirne, zu einer solchen Beweiskraft, zu einer so wunderbaren Wucht und Größe verholfen hat: es ist die sorgsamste Überlegung, die schärfste Feile, die er walten ließ bei seiner großartigen Produktion. Oft begreift man nicht die Umwege, auf welchen erst ein Gedanke die Fassung gewann, in welcher er nun wie in Marmor gemeißelt vor uns steht; oft erkennt man beim Vergleich der ersten Lesart mit der definitiven Fixierung die erstere kaum wieder; so knetet und gestaltet wohl ein Phidias den toten Stein, bis aus ihm hervorgeht jenes Götterbild, vor dem in Andacht das gesamte hellenische Volk in die Knie sank, als vor dem Urbild der göttlichen Schönheit, jener Statue des Zeus, die noch immer fortlebt in der Erinnerung der Kunstwelt, obgleich das Werk ein Raub der

Zeit geworden und nur noch aus den Zeugnissen des Altertums bis zu uns sich erhalten.

Rubinsteins Unglück ist es, daß er von dem Beethovenschen Verfahren und dem analogen des Phidias, bezüglich der rastlosen Durcharbeitung zu oft sich dispensiert. Er würde im andern Falle wohl einige Dutzende von Werken weniger geschaffen haben, aber dieses Minus würde gewiß reichlich ausgeglichen werden durch eine um so durchgreifendere Gehaltsfülle und der eiserne Bestand unserer Litteratur setzt sich zusammen ausschließlich aus Werken, in denen die letztere das entscheidende Wort spricht.

Zudem ist Rubinstein als Komponist nicht so sehr genial als vielmehr genialistisch. Welchen Unterschied wir zwischen beiden Begriffen gemacht wünschen, soll sogleich mit kurzen Worten angedeutet werden.

Genial ist das Kunstschaffen, das auf allen Gebieten die es betritt, seine eigenen Wege einschlägt und selbst da, wo es die Fußstapfen der Vorgänger berührt, immer noch die Spuren der eigenen Füße hinterläßt. Rubinstein nun hat mit dem Genie wohl den Trieb gemein, sich in feurigen Aussprachen der Mitwelt zu enthüllen, sich mitzuteilen in allen Fasern seines Empfindens; das aber, was er uns verkündet, ist nicht ein durchaus neues, dem man lauscht wie dem Erz, das zu Dodona klang, sondern ein An- oder Nachklang von uns bereits bekannten Ideenkreisen, oder ein trauliches Wandern mit irgend welchem in- oder ausländischen Tondichter. Wohl fehlt ihm nicht vollständig eine Individualität, kraft welcher er sagen kann: „Hier bin ich, nehmt mich hin, so wie ich bin"; aber sie äußert sich meist nur in stilistischen Wendungen und um bald mehr oder minder glückliche Verwebung von nationalen Eigentümlichkeiten; so gehört denn auch ein sehr feines Ohr und vollste Fachkenntnis dazu, um mit Bestimmtheit zu sagen, das ist Rubinsteinisch: kein anderer als er könnte diese Stelle so und gerade so geschrieben haben. Vielmehr ist Rubinstein Eklektiker, im edleren Sinne des Wortes; er sucht sich die besten Vorbilder auf und läßt es an ihren Tafeln sich trefflich munden. Wenn Goethe von sich bekennt:

> „So bei Sokrates, bei den Besten
> saß ich unter vergnügten Gästen;
> ihr Frohmahl hab ich unverdrossen
> niemals bestohlen, nur genossen"

und damit sich gegenüberstellt dem eitlen Baccalaureusglauben der da prahlt:

Ich huld'ge keiner Schule,
kein Meister lebt, mit dem ich buhle!

so konnte Rubinstein ähnliches von sich sagen; und er zuletzt gefällt sich in dem Wahne, ein vom Himmel heruntergefallenes Universalgenie zu heißen oder thatsächlich das zu sein, was Goethe an derselben Stelle nennt: „ein Narr auf eigne Hand". Damit soll nun freilich nicht im geringsten der Versuch gemacht werden, Anton Rubinstein hinsichtlich der Tragweite seines Schaffens in irgendwelche Vergleichung mit dem unendlich größeren poetischen Altmeister zu ziehen. Denn trotz seines Zugeständnisses bleibt Goethe immer ein durch und durch originaler Schöpfer, während Rubinstein es nur in bescheidenem Grade ist.

Es kann nicht überraschen, wenn Rubinstein ebenso oft überschätzt als unterschätzt worden ist. Wer seine Virtuosenoriginalität im vollsten Umfange gelten läßt, begreift schwer, warum nicht auch dem Komponisten Genialität in gleichem Maße zuzuerkennen sei; sieht nicht ein, wie derselbe Künstler, der am Flügel tausend Palmen sich errungen, für seine Kompositionen, die doch zu Zeiten auch mancherlei Schönes enthalten, nur mit bescheideneren Preisen sich begnügen soll; eine ziemlich beschränkte Anschauung, derzufolge z. B. auch ein Schauspieler auf alle Fälle zugleich ein tüchtiger Dramendichter sein müßte!

Andererseits wieder ging man zu weit, wenn man ihm wirklichen Komponistenberuf, wahren, schöpferischen Drang aberkannte. Zugegeben selbst, daß sein Wollen noch höher ist, als sein Können, daß er in kleineren Formen glücklicher als in größeren, so beweist das alles nur die Grenzen seiner Begabung, nicht aber deren vollständige Abwesenheit. Wie eine Überschau über die ausschlaggebendsten seiner zahlreichen Werke uns belehren wird, kann eine kritische Abwägung unmöglich allen gleiche Bedeutung zuerkennen; oft wird sie mit dem Komponisten ernstlich ins Gericht gehen, ihn auf mancherlei Irrtümern ertappen bezüglich seiner theoretisch-ästhetischen Auseinandersetzungen (vergl. „geistl. Oper"), bald ihn auf Wegen finden, wo er sich das Schwere zu leicht macht.

Soll sie aber deshalb, weil Rubinstein hier oder dort mehr oder weniger zurückgeblieben hinter dem Kunstideal, auch blind sein für all das Schöne, das Gute, das auf andern Gebieten ihm erfreulicherweise gelungen? Übt die Gerechtigkeit ihr Richteramt, so behält sie das eine Auge offen für das, was aus irgend welchem Grunde als verfehlt zu bezeichnen, das andere für das, was ihr Freude bereitet; und so allein muß das Tribunal beschaffen sein, vor welches ein schaffender Künstler mit gutem Gewissen sich stellen kann.

Rubinsteins Künstlergröße findet in einer treubewährten Charakterstärke die edelste und zuverlässigste Bundesgenossin. Nichts Menschliches ist ihm fremd, aber er weiß seinen Leidenschaften zur rechten Zeit Zügel anzulegen und ihnen, wenn sie zu toll sich geberden, ein donnerndes Halt zuzurufen. Durch seine Stellung gezwungen, viel mit den höchsten aristokratischen Kreisen zu verkehren, mag er mancher ihrer Passionen gelegentlich fröhnen und wenn einer der vielen Teufel, die dem Menschen zu schaffen machen, auch nach ihm seine Netze ausgeworfen, so ist es der des Spieles; man spricht von ungeheuren Summen, die dieser höllische Gesell ihm zu Zeiten abgelockt; Rubinstein aber ließ sich von ihm nicht werfen; was ihm das Hazardspiel geraubt, das suchte er wieder zu gewinnen mit dem Flügelspiel auf mühseligen Konzertreisen.

Die schönste Eigenschaft aber, die ihn schmückt, das ist seine natürliche Bescheidenheit; nicht jene künstliche, hinter der sich meist nur Heuchelei und Selbstvergötterung versteckt, sondern jene echte Bescheidenheit, die in allem, was sie denkt und thut, sich bewußt bleibt, nicht das Höchste bereits ergriffen zu haben, sondern mitten in den glänzendsten Triumphen sich gelobt, dem Ideale mit aller Herzensglut nachzujagen. Als er einst nach längerer Zeit einmal wieder in Weimar eingekehrt bei Franz Liszt und von ihm die Beethovensche Cis-moll-Sonate hatte vortragen hören, war er davon aufs tiefste ergriffen, monatelang zehrte er von diesem Genusse; bei seiner Rückkehr nach der Heimat konnte er sich nicht enthalten, vor einem versammelten Professorenkollegium von den Wundern des Lisztschen Spieles zu berichten und zu bekennen: „im Vergleich mit ihm sind wir andern Pianisten alle mit einander dumme Jungen". Das mag drastisch übertrieben klingen, kennzeichnet aber so entschieden seine Ehrlichkeit, seinen Verehrungssinn und hohe Idealität, daß man diesen Ausspruch nicht oft genug namentlich allen denen zu Gemüte führen sollte, die himmelweit entfernt von Rubinsteins Größe, doch in thörichter Anmaßung sich höher als Liszt dünken.

Rubinstein überläßt es andern, mit ihrer Siegesgewißheit, ihrer pianistischen Unwiderstehlichkeit zu prahlen; er gesteht ganz offen, daß er noch keineswegs das Lampenfieber überwunden hat, daß jedes neue Auftreten ihm neue und sehr heftige Aufregungen verursacht und daß erst, wenn er sich einigermaßen warm gespielt, ihm eine fröhliche Zuversicht beschert wird. Von allen Reiz= und Trostmitteln, die er auf seinen Virtuosenfahrten mit sich führt, ist die Zigarre und Zigarette die treueste und unentbehrlichste Begleiterin; in welchen Maßen er sie während eines einzigen Konzertabends in den Zwischenpausen vertilgt, haben manche mit geheimem Schrecken beobachtet. In dem Kapitel von den gewöhnlichen Reiz= und Erfrischungsmitteln der Sänger und Sängerinnen, der Pianisten= und Violinistenwelt, wird jedenfalls nicht unerwähnt bleiben dürfen die Zigarre Rubinsteins.

Von seiner Bereitwilligkeit, den Mitmenschen zu helfen, die Kunstgenossen zu heben, zu fördern und ihre soziale Lage von allzudrückenden Lasten zu befreien, sind im Laufe der Jahre sehr viele Beispiele bekannt geworden; liebenswert in Gesinnung, wie im persönlichen Verkehr, erobert er sich allerorten die wärmsten Sympathien und das schwache Geschlecht bringt diesem Recken die wärmsten Huldigungen dar. Wo sein Löwenkopf sichtbar wird, da folgt ihm das Flüstern freudiger Überraschung; wenn er, dessen physische Sehkraft in letzter Zeit sehr abgenommen, zum Flügel sich hintastet, fühlt man die Nähe eines Musengeweihten; sitzt er am Flügel und hebt die Hände, so ist es einem, als stürze sich ein Löwe mit mächtigen Tatzen und kühnem Sprunge auf seine Beute und wenn man dieses Bildes überdrüssig geworden, steigt ein anderes vor einem auf: das vom Jupiter, der den Donnerkeil schwingt, mit dem Schütteln seines Lockenhauptes die Erde erbeben läßt, sie aber auch beglückt mit der feierlichen Pracht des Friedensbogens, sobald er des dräuenden Tones satt. Man müßte ein Heinrich Heine sein und seine Darstellungsgabe besitzen, um von Rubinstein ein einigermaßen erschöpfendes Bild und eine ähnliche Charakteristik zu liefern, wie er es bei Erscheinungen wie Paganini, Liszt, Chopin ꝛc. gethan; und einem Künstler gegenüber wie Rubinstein, der sich mit Herz und Hand ergeben der Phantasie, dem ungeheuren „Riesenweib" (wie Rückert singt), würde eine phantasievolle Anschauungsweise im Heineschen Sinne zu allererst angebracht sein.

Als Dirigent im Konzertsaal oder im Theater beteiligt er sich meist nur gelegentlich der Aufführung seiner eigenen Kompositionen, Ouvertüren, Symphonien, Opern. Da in allen diesen Fällen das Vorbereitungswerk an ihnen fremden Händen überlassen bleibt, so will an seine Leitung ein anderer Maßstab gelegt sein, als wenn sie auch für das Präparatorische die Verantwortung zu übernehmen hätte. Manches Wohl= und auch Mindergelungene muß ja auf Rechnung des Einstudierenden gesetzt werden.

Wer Gelegenheit gefunden, einer von ihm geleiteten General=probe beizuwohnen, der mußte erstaunen über die Sicherheit und Kraft seines Gedächtnisses; wenn irgend ein falscher Ton das Kunstwerk beeinträchtigte, überall wußte er genau zu bestimmen, wo, an welchen Stellen, in welchem Takte das Unglück geschehen; wohl verstanden, das meiste dirigiert er auswendig, und eine solche Probe von musikalischer Gedächtniskraft hat allerdings ungleich mehr zu sagen, als jene Dirigentenleistungen, bei denen man mehr die Unverfrorenheit, den frevelhaften Übermut des Taktstockmannes bewundern muß, der selten mehr als einen Gesamtüberblick von einer Partitur hat, geschweige denn eine genügende Vertrautheit mit den orchestralen Details, auf die es doch beim Dirigieren auch mit ankommt.

Wo Rubinstein den Dirigentenstab schwang in Hauptaufführungen, da wollte er sich freilich oft einer andauernden Nervosität kaum bemeistern; so konnte man ihn z. B. bei der Aufführung seines „Turmbaues zu Babel" im Leipziger Gewandhaus von einer Unruhe beherrscht finden, die weder dem Chor noch dem Orchester zur Ermutigung dienen mochte; heftiges Aufstampfen mit den Füßen, wie es damals an ihm zu beobachten war, ist immer ein Zeichen von mangelnder Selbstbeherrschung und wo letztere fehlt, da hat der Dirigent einen schweren Stand. Auch das Dirigieren ist eine Kunst und eine keineswegs leichte; sie will gelernt und geübt sein wie jede andere, und nur der bringt es in ihr zu einer höheren Virtuosität, den die Natur mit einem besonderen Talente dazu begabt hat. Trotz seiner außerordentlichen Gedächtniskraft will Rubinstein nicht als Musterdirigent verstanden werden, weil es ihm an der Hauptvoraussetzung: gleichmäßiger Ruhe und gezügeltem Temperament, gebricht.

Außerdem bekleidet Rubinstein von Neuem das Amt eines Direktors am Konservatorium zu St. Petersburg. Er soll auch dieser Würde gewissenhaft vorstehen, ohne von ihr sich allzusehr belasten zu lassen oder die freie Hand zu verlieren über seine künstlerischen Pläne und Lieblingsneigungen.

Und daran thut er nur Recht; den „Pegasus im Joch" zu spielen, ist er, in dessen Adern noch feuriges Blut rollt, zuletzt der geeignete Mann; gewiß hat man an ihm auch nicht ein derartiges Ansinnen gestellt und ist vollauf zufrieden, wenn überhaupt ein so glanzvoller Name wie der Anton Rubinsteins an der Spitze eines Kunstinstitutes steht. Er, der 1862 das Institut begründen half, ihm fünf Jahr als Direktor vorstand, später es verließ und nun wieder zu ihm als artistisches Oberhaupt zurückkehrte, feierte vor kurzem das „silberne Jubiläum" der Anstalt mit; begreiflicherweise war er der Mittelpunkt, die Sonne jener Festtage, und so lange sie dem Institut leuchtet, wird ihr ein fröhliches Gedeihen immer gesichert sein.

II.

Anton Rubinstein als Pianist.

Wo überall vorm Jahr Anton Rubinstein eingezogen, um den Zyklus von sieben chronologisch geordneten Klaviervorträgen zu eröffnen, die innerhalb vierzehn Tagen zum Abschluß gelangen sollten, überall wurde man sich der außerordentlichen Tragweite dieses Unternehmens bewußt; man konnte den Zyklus betrachten als die Summe seiner pianistischen Wirksamkeit, als das Vermächtnis und Glaubensbekenntnis eines Virtuosen obersten Ranges.

Rubinstein griff in seinem Zyklus, zu dessen Einzelprogrammen Wilhelm Tappert, der geistvolle und tiefgelehrte Kunstschriftsteller eine höchst empfehlenswerte, in Broschürenform erschienene, sehr anziehende, kurz und bündige, durchwegs trefflichst orientierende Erläuterung geschrieben, bis auf die Komponisten des beginnenden 16. Jahrhunderts zurück und zwar stellte er an die Spitze zwei Engländer: William Bird (von 1540—1623 zu London lebend), von dem er vorführenswert erachtete Variationen über die englische Volksweise „des Fuhrmanns Pfeife" und Dr. John Bull (1563—1628), dessen Variationen über die Volksmelodie „des Königs lustig Jagdstück" Aufnahme gefunden hat. Sind diese Stücke begreiflicherweise noch sehr einfach in Form, Gehalt und Fassung, so stellen die darauf folgenden fünf Charakterstücke des Franzosen Couperin, genannt le Grand (von 1668—1733) einen sehr erheblichen Fortschritt nach mehr als einer Beziehung dar. Die Phantasie ist bei ihm viel freier und reicher, wenn auch die thematische Kunst noch gering ist und infolgedessen sehr vieles nur wiederholt, aber nicht entwickelt wird, so wohnt in den Erfindungen doch schon ein bestimmter Charakter und seine Stücke zählen bereits zur wohlberechtigten Programmmusik.

Jean Philippe Rameau (1683—1764) steht auf den Schultern und dem Standpunkt Couperins; auch er gefällt sich in geistreichen Tonmalereien und sein „Rappel des oiseaux" bildet zu dem Bovlet flottant seines Vorgängers und Vor= bildes ein schätzbares Gegenstück.

Dominico Scarlatti (1683—1757) ist in den Konzert= sälen mit der sog. „Katzenfuge" und A-dur=Sonate (wo das Übergreifen der linken Hand über die Rechte eine besondere Treffsicherheit erheischt) nicht unbekannt; es steckt in beiden Stücken viel Feuer und virtuose Keckheit, die angesichts der Zeit ihrer Entstehung doppelte Bewunderung verdienen.

Veranschaulichten diese Vorträge die Anfänge der pianisti= schen Bestrebungen in England, Frankreich und Italien, so führ= ten uns die darauffolgenden nach Deutschland; wer anders als Joh. Seb. Bach konnte die neue Epoche des Klavierspieles begründen und unserer Litteratur Schätze zuführen, die heute noch ebenso wertvoll sind, als sie es vor 100 Jahren gewesen und für alle Zeiten es bleiben werden.

Rubinstein hatte von Altvater Sebastian Bach sich aus= gewählt aus dem wohl temperierten Klavier Präludien und Fugen (C-moll, D-dur), drei Präludien allein (Es-moll, Es-dur B-moll). Die chromatische Phantasie, B-dur Gigue, Sarabande, Gavotte, Werke von so bedeutender Gedankenfülle und Geistes= tiefe, daß die daran sich schließenden Händelschen Kompositionen (E-moll=Fuge, der harmonische Grobschmied', Sarabande und Passacaglio, Gigue, Thema mit Variationen) Mühe hatten, in solcher Nähe sich zu behaupten, obgleich sie an und für sich ge= wiß unserer Litteratur zur Ehre gereichen.

Philipp Emanuel Bachs H-moll=Rondo „La Xeno= phone und Sybille, Les langueurs tendres, La conplaisante verlassen die kontrapunktische Richtung der Vorgänger und melden jenen neuen Klavierstil an, auf dem sich unsere moderne Klassicität festsetzen sollte, um aus ihren Granitsteinen sich die geweihtesten Tempel bauen zu lassen durch Haydn, Mozart, Beethoven.

Haydn war vertreten mit den ungemein geist= und gemüt= reichen F-moll=Variationen, Mozart mit der gewaltigen C-moll Phantasie, Stammbuchblatt Gigue, dem zartsinnigen A-moll- Rondo, sowie mit dem Finale „alla Turca" aus der A-dur Variationensonate. An solchem Reichtum für einen Abend konnte sich jeder begnügen; mit Recht unterließ es denn auch der Vortragende, auf stürmischen Schlußapplaus noch eine Zugabe zu gewähren.

Wie hat er nun alle diese international=buntscheckigen, stilverschiedenen Werke bezwungen, wie hat er sie gespielt? So, wie man es von ihm seit Jahrzehnten gewöhnt ist: das Meiste entzückend schön, Einzelnes überstürzt, Einzelnes den Absichten der Komponisten weniger entsprechend, weil zu sehr von Rubinsteinscher Willkür beeinflußt. Wo es galt, schönen weichen Gesang dem Flügel zu entlocken, da feierte die Kunst seines unnachahmlichen Anschlages die höchsten Triumphe; wer möchte, um nur das Herrlichste zu erwähnen, von ihm das Ph. Em. Bachsche Rondo, die Haydnschen F-moll=Variationen, das Mozartsche A-moll=Rondo, nicht gehört haben? Wer gießt in die Händelschen D-moll=Variationen eine so glühende und blühende Phantastik, und wer weiß den Charakterstücken eines Rameau und Couperin in ähnlich fesselnder Interpretation beizukommen! Einem solchen Künstler allein, der uns mit solchen unvergeßlichen pianistischen Hochgenüssen zum größten Danke verpflichtet, ist es zu verzeihen, wenn er z. B. den größten Teil der Händelschen „Grobschmiedsvariationen" eine viel zu verwischte, schwer erkennbare Physiognomie gab, wenn er in dem Mozartschen Rondo alla Turca im Fis-moll=Teil manche Passage stark „versudelte" und in dem lärmenden, an Becken- und Janitscharenmusikklang erinnernden Abschluß manchen herzhaften Fehlgriff that. Und ob die Wege immer die rechten waren, auf denen er zu den Joh. Seb. Bachschen Präludien und Fugen vordrang, bleibt mindestens zweifelhaft.

Der zweite Vortrag beschäftigte sich ausschließlich mit Beethoven; acht Sonaten, von denen drei der mittlern Periode des Meisters, fünf der letzten entstammen, hatte er in sein Programm aufgenommen. Vor mehreren Jahren, als Hans von Bülow die Konzertwelt mit der Wiedergabe der letzten fünf Beethovenschen Sonaten in Atem erhielt, fehlte es nicht an Stimmen, die mit solcher Anordnung keineswegs vollständig einverstanden waren. Sie werden wahrscheinlich auch Anton Rubinstein ihre Bedenken nicht verschwiegen haben; denn er überbietet sogar den Vorgänger und es ist begreiflich, wer an dem Fünfsonatenpensum den Kopf sich zerstoßen, erst recht ihn an dem

Achtsonatenquantum sich zerstieß. Wohl ist es wahr, in jeder der hierbei in Frage kommenden Sonaten thut sich eine so reiche Gedankenwelt auf, eine so überquellende Phantasiefülle umfängt uns, daß jede einzelne schon ausreicht, dem Hörer auf Wochen die köstlichste und nahrhafteste musikalische Nahrung zu bieten. Folgt nun ein Werk unmittelbar auf das andere, so bleibt für den Unvorbereiteten gar keine Zeit übrig eines nach dem andern gründlich und mit jenem Bedacht zu durchkosten, wie es jedem Kunstwerke gegenüber wünschenswert erscheint. Wer in einer Bildergalerie rasch von einem Meistergemälde zu einem andern gedrängt wird, der weiß nach kurzer Zeit kaum mehr sich Rechenschaft zu geben von allem, auf ihn eindringenden Farbenreichtum und er gelobt sich vielleicht in ruhiger Stunde mit dem oder jenem Bilde genauer sich zu beschäftigen: und das von Kunst= und Rechtswegen. Ähnlich verhält es sich mit diesen Rubinsteinschen Vorträgen; bei der Überfülle des Stoffes edelster Art, den sie im engen Raume zweier Stunden boten, war es kaum möglich, zu ruhigem Genusse des Einzelwerkes zu gelangen. Wer, hingerissen von dieser oder einer andern Sonate mit „Faust" die Bitte ausgesprochen:

„Verweile doch, du bist so schön!"

der mußte ungehört bleiben; denn das Program verlangte beschleunigte Erledigung seines ungeheuren Inhaltes. Der Hauptwert dieser Vorträge war darin zu suchen, daß sie jeden mit Beethovens Sonaten vertrauten Musikfreund veranlaßten, sich, nachdem ein herrlicher Meister sie ihnen vorgespielt, nunmehr mit der einen oder andern Sonate so eingehend zu beschäftigen, daß deren Einzelbedeutung ihm nun zu vollem Bewußtsein gelangt. Mit der Cis-moll=Sonate beginnend, trat er an deren ersten Satz mit viel mehr männlicher Entschiedenheit heran als alle die, welche der Sentimentalität dabei die Zügel überlassen, weil ja doch einer schlecht beglaubigten Überlieferung zufolge hier der „Mondschein" zu seinem Rechte kommen müsse; minder nachahmenswert war seine Behandlung des Finale, dessen Details der Klarheit öfters ermangelten.

In der D-moll=Sonate, wo der wunderbar fein abgestufte Abschluß des ersten Allegro reichlich entschädigte für manche vorausgegangene technische Nachlässigkeit, erhielt das B-dur-Adagio unter seinen Händen einen zauberhaften Duft; uns war's

als öffne sich die seltenste Blume und ließe aus ihrem düfte=
schwangeren Kelche die süßesten Geheimnisse aufsteigen.

Wer sonst geneigt war in der virtuosen, glanzesvollen
C-dur=Sonate (op. 53, dem Grafen Waldstein gewidmet) den
Mittelsatz nur als nebensächliches Bindeglied zu betrachten, der
wurde durch Rubinstein eines bessern belehrt: er brachte in die
Gegensätze, sowohl in den beklommenen Anfang als in die trost=
reiche Melodie der Fortsetzung einen Sinn, eine Tiefe der Be=
deutung, die nur der Auserwählte unter den Berufenen entdeckt.

Die sogen. Appassionata (F-moll, op. 58) behandelte er
ziemlich frei in bedenklichem Sinne; es blieb, weil das Zeitmaß
vorher schon sehr lebendig gewesen, für das Prestissimo kaum
eine Steigerung mehr übrig und so gestaltete sich dieser Passus
zu einem betäubenden Tongewirr, wobei die linke Hand sogar
auf dem letzten Akkord den Grundton verfehlte und mit dem
As, statt dem F sich verabschiedete. Desto reiner und beglücken=
der war die Ausführung des Adagio und der Variationen so=
wie der ganzen zweisätzigen E-moll=Sonate, deren lieblicher Ge=
dankenkreis und unerschöpfliche Empfindungsreinheit wohl jeden
in ihren Zauberbann ziehen mußte.

Die A-dur=Sonate (op. 101), so oft wir sie von ihm
früher gehört, war nie eine Siegessäule für Rubinstein: auch
damals schien er die Natur des ersten Satzes vollständig zu ver=
kennen und so stellte er dort, wo ein leichter bewegtes, innerster
Empfindung volles Tongedicht sich entwickeln soll, ein unruhiges,
mit viel zu leidenschaftlichen Ausrufen unterbrochenes Charakter=
bild vor uns hin. Der Kanon im Trio des Marsches wies
eine ähnliche Verkennung seines Charakters auf, während der
langsame Zwischensatz über alle Beschreibung schön von ihm
interpretiert wurde. Im Finale kam leider infolge des über=
stürzten Zeitmaßes vieles nur in den Umrissen heraus; das
Fugato erfuhr dabei die meiste Einbuße.

Die wie ein Gebild aus Himmelshöhen, wie eine verklärte
Lichtgestalt dahinschwebende E-dur=Sonate (op. 109) hat noch
keiner so entzückend vorgetragen: so viel Innigkeit, Wärme,
reinsten Poesiehauch, das alles und noch viel mehr, was sich gar
nicht in toten Worten andeuten läßt, legte er in das Thema
und in die erste bis letzte Variation, daß man von solchem Spiel
sich kaum zu trennen vermochte. Die C-moll=Sonate (op. 111),
deren lebhafter Hauptteil bisweilen Wirrnisse in der Ausführung

zeigte, gelang ihm in der zweiten Hälfte wiederum unbeschreiblich: welche Zartheit, Weihe in der Arie und deren Variationen! Als die Schlußnote verklungen und stürmischer Beifall dem gewaltigen Künstler entgegenbrauste, war sich jedermann klar darüber, daß nicht so leicht ein gleiches Beethovenfest uns wiederkehrt.

Nachdem er auch Felix Mendelssohn-Bartholdy, Karl Maria von Weber, Franz Schubert mit der Vorführung einer großen Reihe ihrer Klavierkompositionen einen Hochachtungszoll dargebracht, verabsäumte er nicht am vierten Abend unserm Robert Schumann einen gleichen zu widmen. Mehr und mehr rückt die Zeit heran, daß in immer weiteren Kreisen die Erkenntnis von der außerordentlichen Tragweite der Schumannschen Klaviermusik sich Bahn bricht; was in ihr an Phantastik, Eigenart, seelischem Adel, reinstem Gefühlsausdruck vorhanden ist, das hat den näheren Freunden der Schumannschen Muse seit länger als vierzig Jahren höchsten Genuß bereitet und wenn man mit Schumannschen Klavierstücken die Mendelssohnschen vergleicht, so ist es uns, als wollte sich bei dieser Gelegenheit der große Unterschied zwischen wahrem Dichter und geschicktem Versmacher klar machen; bei letzterem kommt es nur auf den gefälligen äußern Schein, auf zierlichen Ausdruck eines beiläufigen Einfalles an; beim Dichter aber — und das ist vor allem der junge Robert Schumann — quillt und schwillt das innerste Gedankenreich; nicht um Verse, um Gedanken und Empfindungen ist es ihm zu thun, nein, nur um eine Entlastung von allem, was an Wonne und Weh auf seiner Brust ruht: dieser vorhaltend-schöpferische Drang ist es denn auch, der uns so fest an die Echtheit, Lebensfülle Schumannscher Klavierwerke glauben läßt.

Mit der C-dur-Phantasie (op. 17) eröffnete er zum Entzücken aller seinen Schumann-Abend. Legte man sich die Frage vor, welcher Teil des poesievollen Werkes durch ihn die herrlichste Beleuchtung erfahren, so konnte man nur antworten: der in sich befriedigte, still-selige. Und in gleichem Sinne würden auch seine übrigen Schumann-Vorträge zu charakterisieren sein.

Hat Schumann von jenem Doppelwesen, das er in sich fand und das er benannte „Florestan und Eusebius", in den meisten seiner früheren und ausschlaggebendsten Kompositionen künstlerische Kunde gegeben, so wünschte er zugleich, beiden Naturen werde gleiches Recht und gleiche Bedeutung zuerkannt. Wenn

Florestan das Kleinste leidenschaftlich erfaßt und in seinem Ungestüm von einem Ende zum andern springt, muß seine Eigenart, die des Florestan, vom Vortragenden ebenso klar erkannt und mit aller Bestimmtheit festgehalten werden wie die des „Eusebius", jenes reinen, hochgesinnten Jünglings, der so vollständig aufgeht in der Jean Paulschen Empfindungswelt, daß er gar nicht anders kann als stündlich schwärmen und das Weltall umarmen. Überraschend genug bei dem heißen Blut, das in Rubinsteins Adern rollt: nicht Florestan, in dem man doch einen Temperamentsgenossen von Rubinstein vermuten dürfte, sondern Eusebius mit seiner enthusiastischen Träumerei, hatte es ihm angethan. Man denke an das zarte B-dur-Stück in den „Kreislerianen", an die ruhigsten Variationen in den „symphonischen Etuden", an die „Aria" in der Fis-moll-Sonate, wo man wähnte, ein Engel in weißem Gewande bringe aus den Wolken hervor und senke sich in süßestem Gesange herab zu den harrenden Menschenkindern; an den „Vogel als Prophet" (aus den „Waldszenen"), an „Eusebius", „Chopin", „Chiara", l'aveu, kurz an alles, was in „Karneval" (op. 9) sich auflöst in zartester Empfindung, so zieht an aller Erinnerung so viel Herrliches vorüber, daß sie bei dem minder Gelungenen der leidenschaftlichen Florestansätze länger zu verweilen kaum sich aufgelegt fühlen. Wem sieht man einen Gedächtnisfehler lieber und leichter nach als einem Rubinstein, der so ziemlich die ganze ältere und neuere Litteratur im Kopfe trägt und in seinen Händen dazu? Die Kraft, das Feuer, das er sich durch volle zwei Stunden bewahrte, um mit dem Schumannschen Finale: „Marsch der Davidsbündler gegen die Philister" noch die bewundernswerteste Großthat zu verrichten, das allein schon kennzeichnet des Gefeierten seltene Größe. Die „Philister", von Schumann mit dem alten Tanz illustriert: „Und als der Großvater die Großmutter nahm", ließ Rubinstein in vollster Behäbigkeit im Schritte der bekannten „österreichischen Löffelgarde" an uns vorüberziehen; eine zwar abweichende, aber sehr stichhaltige Neuerung von großer Wirkung und wohlgeeignet, den Gegensatz zwischen den Kindern des Riesen Goliath und den geistbeflügelten Davidsbündlern nur um so mächtiger herauszuheben.

  Muzio Clementi, Joh. Field, Joh. Nepomuk Hummel, Ignaz Moscheles, Sigismund Thalberg, Adolph Hänselt, Franz Liszt, das war die lange Reihe der Klavierkomponisten und Virtuosen, zu denen Anton Rubinstein auf seinen historischen Wanderungen im fünften Konzert vordrang. Die meisten der eben aufgeführten Namen haben freilich nicht unerheblich an dem Glanz eingebüßt, den sie vor vierzig Jahren und noch länger besaßen. Clementi ist nur noch mit seinen Sonatinen und Sonaten von pädagogischer Bedeutung. Ähnliches gilt von den Hummelschen und Moschelesschen Klavierkompositionen, die aber für die Entwickelung der modernen Virtuosität, die in Liszt den höchsten Gipfel erklimmen sollte, nicht zu entbehren waren. Thalberg, obgleich noch kaum fünfzehn Jahre tot, hatte sich bald überlebt, weil seinem Schaffen jedweder weiterer geistiger Horizont gefehlt; Hänselt aber, mochte er sich auch allzufrüh dem öffentlichen Konzertleben entziehen, ist mit seinen vollklingenden, breitmelodiösen Klavierdichtungen in der Gunst des Publikums bis zur Stunde nicht gesunken, ohne sich seit einigen Jahrzehnten mit größeren neueren Werken neu in Erinnerung bei ihm zu bringen.

In der Clementischen Sonate, deren Hauptthema des ersten Allegro von jeher wegen seiner nahen Verwandtschaft mit dem der Mozartschen Zauberflötenouvertüre im Fugato merkwürdig erschien, war die Klarheit des Vortrages außerordentlich; es kam alles, Haupt= und Nebenfigur zum vollsten Recht in überraschender Klangfülle. Das Finale jedoch schien er viel unruhiger zu erfassen, als es der keineswegs aufgeregte Charakter desselben wohl erfordert oder gewünscht haben mag.

Es ist schwer zu sagen, welches von den Fieldschen Nokturnen unter Rubinsteinschen Händen am schönsten geklungen: jedes blühte im zartesten, duftigsten Wohlklang und wenn diese Musik am ehesten noch dem „blauen Blümelein" sich vergleichen läßt, das wir „Vergißmeinnicht" nennen, so hat der Künstler bei vielen mit diesen Nokturnen sich das treueste Andenken gesichert.

Nüchterner nahmen sich nun freilich neben der Fieldschen Blumenpoesie das an sich zwar schätzbare und solide Hummelsche H-moll=Rondo und die Moschelesschen Stücke aus, von denen indes das zuletzt gespielte „conte d'enfant" mit guter Charakteristik und glücklicher Naivität am meisten noch Eindruck machte.

Von Thalbergs Kompositionen erschienen weit lebensfähiger als die übrigen die „Don Juanphantasie", in der einige wirksame und keineswegs gewöhnliche Kombinationen nicht bloß an den virtuosen Aufputz denken ließen.

Mit Hänselts „Vögleinetude" schoß Rubinstein den Vogel ab; das Stück spielt ihm in solcher Vollendung wohl kein zweiter nach. Alles fühlte sich davon elektrisiert und nichts war berechtigter als der Wunsch nach einer Wiederholung, auf welche denn auch der Gefeierte liebenswürdig genug einging. Nach andrer Richtung nicht minder hervorragend fanden wir die Behandlung des Liebesliedes; die Tenormelodie hob sich heraus wie eine träumend-selige Rosenknospe aus grüner Laubarabeske. Auf Hänselt ließ Rubinstein zum Beschluß mehreres von Franz Liszt folgen. Bei dessen Ausführung war er nicht besonders glücklich, es liefen ihm zuviel Ungleichmäßigkeiten unter. Einen großen Teil davon konnte man von der jüngsten Lisztschülergeneration viel sauberer und selbst großzügiger spielen hören; das gilt besonders von den beiden Rhapsodien und einzelnen Abschnitten in den übrigen, zu dem sehr zahlreichen kürzeren Charakterstücken, aus denen allerdings Liszts eigentliche Virtuosenbedeutung nicht recht zu erkennen war. Die Phantasie über „Robert der Teufel" glich einer „Ausgrabung"; wenigstens war sie seit Jahrzehnten auf den Konzertprogrammen unsichtbar geworden; hier raffte Rubinstein alles zusammen, was er an virtuosem Glanz und herausfordernder Kraft aufzubieten vermag.

Von den Schubertübertragungen ist der „Erlkönig" für den Vortragenden von jeher ein Haupttreffer gewesen: Rubinstein ist mit dieser Ballade aufs engste verwachsen und ein Maler, der ihn porträtieren will, könnte gar nichts Besseres thun, als ihn beim Vortrag dieses Tonstückes zu fixieren; wie der Meister hier uns packt mit wahrhaft dämonischer Größe, so schwelgt er beim lieblichen Lied: „Auf dem Wasser zu singen" in holder Jünglingsschwärmerei; mit erneuter Bewunderung steht man vor dem Virtuosen, der selbst in den höchsten Gegensätzen die gleiche Meisterschaft bekundet.

Nun kam im sechsten Konzert Chopin an die Reihe. Rubinstein ist nächst Liszt wohl von jeher der berühmteste Chopininterpret gewesen; die Bande der Kongenialität knüpfen ihn aufs engste an den so früh verstorbenen, kaum vierzig Jahre alt gewordenen, französischen Poeten. Wenn der hochberühmteste Staatsrechtslehrer der Vergangenheit, Hugo Grotius einst ausgesprochen: „ich lese meinen Homer anders als Gymnasiasten und Studenten", so darf Rubinstein mit gleichem Rechte behaupten: „ich spiele meinen Chopin anders als Konservatoristen, Liebhaber und Dutzendpianisten". Er findet in Chopins Kompositionen, die für die Klavierlitteratur immer bedeutungsvoll bleiben, die geheimsten Bezüge heraus, weiß uns von jenem wunderbaren Arom, der über sie meist ausgegossen ist, soviel mitzuteilen wie kein anderer; hier der nationalen Eigenart völlig gerecht werdend, die rhythmischen Accente oft überraschend verteilend und dort wieder den üppigen Phantasiegebilden jenen bestechenden Glanz und feinsten Schliff verleihend, wie ihn die Zierde der vornehmsten Salonlitteratur verlangt; hier versinkend in Klage und Wehmut, dort sich aufraffend in krampfhaftem Ungestüm, ist Rubinstein als der Künstler und Virtuos zu bezeichnen, der zur Zeit den größten Teil der Chopinschen Erbschaft angetreten.

Auf die F-moll-Phantasie ließ er sechs von den kleinen „Préludes" folgen, von denen jedes einzelne trotz seiner knappen Fassung oft mehr poetischen Gehalt aufweist als ein ganzer langer Chopinscher Sonatensatz; das letzte (D-moll), so gewaltig es ausholt und so sehr es in virtuosem Sinne effektuiert, bleibt an Eindrucksfülle nichtsdestoweniger hinter den andern, minder anspruchsvollen zurück. Genau festzustellen, welche von den vier Mazurken (H-moll, Fis-moll, C-dur, B-moll) am preiseswertesten, ist eben so schwer wie die Ausführung der vier Balladen (G-moll, F-dur, As-dur, F-moll) gegen einander abzuwägen; in allen diesen Stücken wie in den beiden Impromptus Fis-dur und Ges-dur war die Behandlung der Rhythmik nicht minder bezaubernd wie die der Melodik, die einen Reichtum schönster und seltenster Schattierungen enthüllte.

In den drei Nokturnes wich das Zeitmaß der vier gespielten aus G-dur freilich sehr von dem allgemein angenommenen ab und es scheint noch sehr fraglich, ob Rubinstein bezüglich dieser außerordentlichen Beschleunigung diesem Stücke gegenüber in vollstem Rechte ist; wenigstens trat dabei kein erhöhter verschönender Reiz zu Tage; ähnliches ließe sich von seiner Auffassung des bekanntlich sehr langsam zu spielenden A-moll-Walzers sagen, der durch ihn viel zu sehr dem gewöhnlichen Walzertempo, von dem er sich doch unterscheiden soll, angenähert wurde.

Wie zündend aber und prachtvoll die beiden As-dur-Walzer,

von denen jeder ein funkelndes Kleinod seiner Gattung ist! Wie hinreißend die Barcarole, wie charaktervoll das H-moll-Scherzo, in dessen Hauptteil eine buchstäblich verwegene Virtuosität sich Geltung verschafft, in dessen Durtrio ein ganzer Himmel von Zartheit und Schattierungsschönheit sich zu öffnen schien! Die Chopinsche B-moll-Sonate, hochberühmt wegen ihres Trauermarsches, im Scherzo sehr originell, im Finale aber mehr wüst und wirr als gesundem Ohre genießbar, konnte den Hörer mit gemischten Eindrücken erfüllen, in der Berceuse jedoch und bei der As-dur-Polonaise mußte jeder sich bekennen: solche wunderbare Tonabstufung und Beseelung auf der einen Seite und auf der andern solche Naturkraft, die wie ein feuriges Roß dahin jagt und jedes Zügels spottet, haben wir selten noch bei einem Virtuosen in solcher Verbindung angetroffen.

Auf die gleichfalls stark anstrengenden Polonaisen aus Fis- und C-moll noch die aus As-dur folgen zu lassen und für dieselben die höchste Ausdauer, das hellloderndste Feuer sich bewahrt zu haben, das fürwahr ist eine der bewundernswertesten Thaten des gewaltigen Pianisten Anton Rubinstein.

Dem Programme des **siebenten Abends** hatte er außer einem Dutzend Chopinscher Etuden, in denen er wiederum vollste Bewunderung erregte, noch zu Grunde gelegt Klavierkompositionen der sogen. „Neurussischen Schule". Ob letztere geeignet waren, dem gewaltigen Siebentagwerk, wie man Rubinsteins Vorträge wohl bezeichnen darf, die leuchtende Krone aufs Haupt zu setzen, schien manchem mehr als zweifelhaft; denn das schöpferische Vermögen dieser Schule ist keineswegs von solcher Bedeutung und Tragweite, daß sie irgend wie das in Schatten stellen konnte, was während der Vorabende von andrer Seite und besonders von deutscher aus uns geboten worden. Noch viel gewagter finden wir die Ansicht, derzufolge für die gesamte musikalische Weiterentwickelung das Heil vor allem von dieser Schule zu erwarten sei: eine Ansicht, die schwerlich Rubinstein selbst teilt; wenn er jetzt der pianistische Anwalt seiner komponierenden nähern Landsleute geworden, so übte er damit nur einen Akt persönlicher Liebenswürdigkeit gegen sie aus, ohne damit uns zu veranlassen, allzu überschwenglich von dem Wert ihrer Schöpfungen zu denken. Eines läßt sich ja nicht leugnen: alle die von ihm vorgeführten russischen Komponisten besitzen Temperament und ein sehr ausgebildetes Assimilationstalent.

Erstre Eigenschaft im Bunde mit der leichtbegreiflichen Vorliebe für die russische Volksweise, die sie möglichst ihren Zwecken dienstbar machen, giebt ihren Gebilden einen eigentümlichen Anhauch; letztere befähigt sie, von außen her alles das noch in sich aufzunehmen, was glanzvoll und effektreich ist. Am meisten wird von den neueren Klavierkomponisten Chopin bei ihnen auf den Schild erhoben. Seine Muse beherrscht die russischen jüngeren Tonkünstler in dem Maße, daß sie kaum zur freien Entfaltung ihrer Individualität gelangen. Und wie Chopin die Pariser Luft eingesogen gleich einem Vollblutfranzosen und wieder ausgeatmet in seinen phantasiereichen Tongedichten, so ist das nur ein Grund mehr für die Neurussen, gerade von ihm sich befruchten zu lassen; denn französische Bildung war es und ist es, die nach Rußland in Kunst und Litteratur vordrang und mit dem leichten Firniß die Zustände dortiger Halbbarbarei überzog. In der neurussischen Musiklitteratur ein wahrhaft Originales zu entdecken, wird aus allen den angeführten Gründen daher nicht so bald möglich sein; der Genius soll erst noch geboren werden, der von dort aus Ureigenes zu sagen hat. Wir Deutsche zuletzt haben besonderen Grund auf die Offenbarung eines „neurussischen Evangeliums" gespannt zu sein; wir und die ganze Welt darf noch einige Jahrhunderte träumen und fest wie seither an einen Bach und Beethoven glauben, und teilnehmend alles verfolgen, was der Entwickelung unserer deutschen Litteratur Vorschub zu leisten verspricht.

Michael Glinka war von Rubinstein zum Anführer der „Neurussenlegion" bestimmt; aus welchem Grunde ist nicht recht einzusehen; denn wenn Glinka auch mit seinen Opern wie: „Das Leben für den Zaren", „Rußlan und Ludmilla" 2c. zu großer Bedeutung in Rußland gelangt ist, so kommt er doch als Klavierkomponist kaum in Betracht; die „Tarantella", „Barcarole", „Souvenir de Mazurka" waren nicht im stande, zu einer andern Meinung uns zu bekehren.

Mily Alexojewitsch Balakireff (geb. 1836 in Nischni-Nowgorod) mit einem Scherzo, Mazurka und einer orientalischen Phantasie, betitelt „Islame", berücksichtigt, hat namentlich mit letzterer vielfaches Aufsehen erregt. Es soll das nach der Versicherung ausgezeichneter russischer Tonkünstler ein bewundernswertes Tonstück sein; deutschem Ohr und Herzen will es nun freilich wenig munden. Wenn es auf die meisten unsrer Hörer einen geradezu greulichen Eindruck machte und selbst zum Zischen Anlaß gab, so muß zum Teil daran die eigentümliche Rubinsteinsche Auffassung die Schuld tragen, ein übertrieben rasendes Zeitmaß, das irgend welchen klaren Einblick in den musikalischen Gedankengang des Stückes kaum gestattete.

Peter Tschaikowsky nimmt sich neben Balakireff, der wie ein asiatischer Wüterich im Tonreiche haust, wie ein menschenfreundlicher, Europens übertünchter Höflichkeit keineswegs abholder Mann aus, der denn auch, so gern er, wie in dem Scherzo „à la Russe" seinem Volke gelegentliche Huldigungen darbringt, neben Rubinstein am meisten von Mendelssohn und Schumann beeinflußt erscheint. Das beweist vor allem das zarte, wohllautreiche „Lied ohne Worte", während der „Walzer und die Romanze" ebenso stark aus Chopinschem Born schöpfen wie Riemsky-Korsakoffs Etude, Novellette, Walzer, Anatole Liadofs Etude und Intermezzo, Cäsar Cuis Scherzo und Polonaise, Nikolaus Rubinsteins „Albumblatt und Walzer". Von sich selbst spielte der Konzertgeber nur die F-dur-Sonate, deren beide Mittelsätze uns wertvoller dünken, als die Umgebung, Thema und Variationen (aus der C-moll-Sonate), die überaus zartsinnig in der Empfindung und ungemein anziehend in der Ausgestaltung sind, ferner ein funkensprühendes Scherzo (aus der A-moll-Sonate). Alles das wurde mit Beifall überschüttet; wenn Rubinstein noch eine größere Anzahl seiner Klavierkompositionen in glücklicher Auswahl geboten und einzelne seiner eleganten Miniaturen vorgetragen hätte, würde ihnen eine um so freudigere Aufnahme bereitet worden sein, als sich wohl jedem die Überzeugung aufdrängte, daß unter den „russischen" Komponisten Anton Rubinstein immer noch der bedeutendste und unserm Ohr genießbarere ist, als die Mehrzahl der landsmännischen Mitstrebenden, denen er ein so fördersames Wohlwollen angedeihen läßt.

Ziehen wir nun die Summe aus sämtlichen sieben Klaviervorträgen, so darf man wohl behaupten: selten hat ein musikalisches Ereignis die Kunstfreunde so lange und so gleichmäßig in Atem gehalten, wie dieses Auftreten Rubinsteins. Mag man nicht grundlos betonen, der Versuch, einen Abriß von der Geschichte des Klavierspieles zu geben, sei schon deshalb nicht vollständig gelungen, als die Programme manches wichtige und ausschlaggebende Werk nicht gebracht und was das auffallendste ist, keineswegs zu übergehende Kompositionen von Brahms vollständig übersehen hatten, so muß doch andrerseits zugestanden werden, daß man trotz alledem einen wenigstens annähernd vollständigen Überblick über die älteste wie neueste in= und ausländische Klavierlitteratur erhalten konnte und eine Fülle von Anregungen empfing, wie sie noch selten von anderer Seite uns zugeführt worden.

Die Virtuosität Rubinsteins, so gewaltig sie in glücklichen Augenblicken aufblitzte, mag an Sicherheit und gleichmäßiger Klarheit zurückstehen hinter der manches jüngeren Talentes; was ihm, dem Künstler, aber noch immer eine so bezwingende Macht über die Gemüter der Hörer verschafft, das ist sein Feuergeist, die innere Glut, die wunderbare Gabe, alles zu beseelen, was ihm an sympathischen Tonstücken unter die Finger kommt. Wie viel Herrliches hat er in sieben Vorträgen innerhalb achtzehn Stunden Tausende genießen lassen! Sollte es dem Gefeierten, was man kaum glauben mag, in der That Ernst damit sein, fernerhin nicht weiter öffentlich zu konzertieren, so preisen wir uns glücklich, ihn an jenen Abenden in der Ganzheit seiner Künstlerschaft, in allen seinen Licht= und Schattenseiten noch einmal so gehört zu haben, daß er für immer unsrer Erinnerung tief eingeschrieben bleibt mit mächtiger Goldschrift. Von ihm sich zu trennen, fiel jedem schwer; tausend Hände jubelten ihm denn auch so lange zu, bis er noch einige Zugaben ("Melodie" von sich, sowie den Beethovenschen "Derwischmarsch" aus den "Ruinen von Athen") gewährt hatte. Hoffen wir, Rubinstein bestätigt das Wort des französischen Dichters:

On retourne toujours
à ses premières amours!

In diesem Falle würde die Rückkehr "zur ersten Liebe" gleichbedeutend sein mit einer Rückkehr zum konzertierenden Virtuosenleben; von ihm nahm Rubinstein seinen Ausgangspunkt und in ihm auszuhalten, bis die neun Musen ihm abwinken, scheint niemand mehr auserlesen, als gerade er, dessen künstlerischer Schwerpunkt gerade in seiner phänomenalen Virtuosität ruht. Vor längeren Jahren bereits durchlief die Kunstwelt das Gerücht von seinem letzten Auftreten. Wie es sich damals nicht bestätigte, bleibt uns auch jetzt die Hoffnung, Rubinstein werde von neuem es Lügen strafen und immer wieder erscheinen am

Flügel, wie ein junger Adler. Oder stellt die jüngste Pianisten=
schar vielleicht Kräfte, denen man zutrauen darf, sie könnten die
mit Rubinsteins Fernbleiben entstehende Lücke ohne weiteres im
Konzertleben ergänzen und verdecken? So tüchtig und schätzbar
der und jener Virtuos des jungen In= und Auslandes sein mag,
bis jetzt darf keiner mit ihm sich messen in der Totalität der
pianistischen Meisterschaft. Und so liegt nichts näher als der
Wunsch, Rubinstein möge bis in ein hohes Greisenalter das
pianistische Szepter schwingen in gleicher Machtvollkommenheit
wie seit nahezu einem halben Jahrhundert.

Wie ein wahrhaft großer Feldherr, der, wer weiß aus wie
vielen Schlachten als Sieger hervorgegangen, die Strahlenkrone
seines Ruhmes nicht verliert, wenn ihm das Glück gelegentlich
untreu geworden, so auch nicht der Virtuos, zumal wenn er
Anton Rubinstein sich nennt. Es ist sogar lehrreich, ihn ein=
mal auf eine minder glückliche That hin zu beobachten, und eine
solche bot er seiner Zeit in Beethovens Es-dur=Konzert in einer
Gewandhausaufführung. So schöne Einzelheiten seine Leistung
aufwies, so konnte sie im großen und ganzen trotzdem als eine
völlig gelungene nicht bezeichnet werden. Rubinstein, mehr als
ein anderer Künstler von der Gunst des Augenblickes abhängig,
schien nicht in die rechte Stimmung zu geraten und äußerst
selten nur auf das, was Beethoven gewollt und zum rechten
Ausdruck gebracht wünschte, mit der nötigen Ruhe und Klarheit
sich zu besinnen. Bald überstürzte er hier das Tempo, bald
gefiel er sich dort in einem Ritardando, daß das Orchester nicht
recht wußte, was das bedeuten solle, und nun eine Strecke lang
seine eigenen Wege ging, sich seinem eigenen, immerhin noch
günstig sich gestaltenden Schicksal überlassend; kein Wunder auch,
wenn nun manches nach Seite der technischen Korrektheit nicht
zum besten gelang und hinter dem zurückblieb, was gerade in
diesem Es-Konzert selbst von minder hervorragenden Pianisten
geleistet worden; nichts lag in der That näher, als ein ver=
gleichender Rückblick auf die früheren Beethoveninterpretationen
und wenn man jene für ungleich beweiskräftiger und befriedi=
gender erklären mußte, als die in Rede stehende von Rubinstein,
so soll dafür einzig und allein der Unstern dafür verantwortlich
gemacht werden, der damals über seinem Spiele zum Leidwesen
aller Kenner gewaltet hat.

So anfechtbar mithin aus mehr als einem Grunde dieser

Es=Konzertvortrag gewesen, so fand er gleichwohl stürmische Anerkennung, die Enthusiasten „um jeden Preis" erzwangen sich sogar noch eine Zugabe. Rubinstein, wahrscheinlich sich selbst zum Bewußtsein bringend, daß es für ihn nunmehr eine Scharte auszuwetzen gelte, gab dem Drängen nach; gewiß nur ausnahmsweise und in Anbetracht der eigentümlichen Sachlage; denn unter normalen Verhältnissen müßte es unstatthaft sein, unmittelbar auf Beethovens herrliches Meisterwerk noch ein Anhängsel folgen zu lassen, das immerhin wie ein überflüssiger Appendix auf einer in Gold und Edelstein gefaßten Krone sich ausnimmt. Damals aber war die Zugabe um so dankbarer zu begrüßen, als in ihr, einem Händelschen Thema mit Variationen, Rubinstein sich in seiner hellsten Virtuosenglorie sich zeigte. Diese Kraft bei solcher Zartheit, diese Energie in der Verteilung von Licht und Schatten, diese echte Poesie, die er hier uns bot! Das war die Heldenthat eines Meisters, der nicht hoch genug auf eine solche Leistung geschätzt werden kann.

Wer für solchen Ausgleich wie er Sorge trägt, der muß sich die feindseligsten Gemüter wieder versöhnen. Ihm darf man bei seinem ungestümen Temperamente zudem gewisse Ungleichheiten um so weniger verübeln, als sie selbst bei Künstlern von viel kühlerem Blute und vorhaltender Besonnenheit keineswegs ausgeschlossen sind. Ist es nötig, z. B. auf H. von Bülow hinzuweisen, dem ja auch zu Zeiten, wenn es sich nicht vermeiden läßt, mancherlei Menschliches passiert? Rubinstein und Bülow, die beiden mächtigen Strebepfeiler im Tempel der pianistischen Kunst, stellen in der Geschichte der zeitgenössischen Virtuosität zwei gewaltige Gegensätze dar (vgl. Bernhard Vogels Monographie: „Hans von Bülow". Leipzig, Max Hesses Verlag), Gegensätze von einer Bedeutung, daß es sich wohl lohnt, bei ihnen einige Augenblicke zu verweilen.

Während Bülow von Haus aus für die Wissenschaft bestimmt, erst als Jüngling der Kunst und im besonderen der Virtuosität tiefer ins Auge geschaut, war Rubinstein vom zartesten Alter an zur Musik ausersehen und früh genug setzte er auf weit ausgedehnten Konzertreisen als Wunderkind die Welt in ungeheures Erstaunen. Ihm fiel es natürlich leicht, gleichsam ein „Stammpublikum" sich heranzubilden, er lebte bereits in dem Mund der Masse, als Bülow erst anfing, im engern Freundeskreise sich bekannt zu machen. Die Natur hatte Anton zu einem Genie in der reproduzierenden Kunst erkoren und ihn überschüttet mit allen dazu erforderlichen Gaben; karger verhielt sie sich Hans gegenüber, aber ein so mächtiger Ehrgeiz, eine so zähe Ausdauer lebte in ihm, daß er sich das, was sie ihm gutwillig, aus freien Stücken nicht gewähren mochte, gewaltsam ertrotzte und auf diesem Wege sich emporschwang zu einem der obersten Nebenbuhler Antons.

Wo die Glanzseiten des einen, wo die des andern Künstlers zu suchen sind, wird wohl keinem mehr unklar sein; kommt es darauf an, durch die Kunst des Anschlags, durch zarteste Beseelung den toten Noten Leben einzuhauchen, mit Titanenmut den Olymp zu erstürmen, und auf den hartesten Kampf die Wonnen des Friedens uns fühlen zu lassen in des Herzens heilig stillsten Räumen; — kommt es darauf an, so wird die Palme in den meisten Fällen Rubinstein zufallen: handelt es sich aber darum, den Organismus eines Kunstwerkes in vollster Klarheit zu enthüllen, Verwickeltes zu entwirren, Dunkles aufzuhellen, die Schärfe musikalischer Dialektik zu entfalten, starke Kontraste als solche hinzustellen, sie aber auch unter einander am Ende auszugleichen und durch ein kühnes Schlußurteil zu imponieren, handelt es sich darum, so wird wahrscheinlich Bülow Sieger bleiben. Damit soll aber nicht gesagt sein, als ob es nicht bisweilen schiene, beide hätten die Rollen mit einander gewechselt und die Prinzipaltugend des einen sei auch die des andern geworden; es kann ja vorkommen und ist vorgekommen, daß einer den andern auf seinem eigensten Machtgebiet überflügelte. Das verhielt sich aber immer wie die Ausnahme zur Regel und hebt für den genauen Kenner nicht die entwickelten Charakterunterschiede auf.

III.

Anton Rubinsteins Klavierkompositionen und Kammermusik.

Ein großer Teil von Rubinsteins Klaviermusik ist für den Salon berechnet und hat denn auch dort mit der Zeit sich fest eingebürgert; kein Wunder, denn wie C. F. Weizmann in seiner Geschichte des Klavierspiels treffend ausführt, bewegt sich Rubinstein allerorten in den höchsten Kreisen der Gesellschaft, ein Umstand, der uns über den Inhalt vieler seiner Werke, namentlich solcher für Klavier, Aufschluß giebt. Die größern und bedeutenderen von ihnen tragen den Charakter des seine Umgebung durch Geistesblitze erleuchtenden und beherrschenden selbstbewußten Günstlings der Aristokratie, des oft von heftigen Stürmen erschütterten, meist aber siegreich daraus hervorgehenden Machthabers. Oft treibt er den Mutwillen aufs äußerste und er kümmert sich wenig darum, wenn ihm gelegentlich auch saustdicke Trivialitäten entschlüpfen: eine herzhafte Grobheit am rechten Ort angebracht, wirkt oft wie eine aufrüttelnde Ohrfeige; Rubinstein teilt sie reichlich genug aus, halb im Scherz, halb im Ernst; Sache der Umgebung, der Hörer ist es nun, gute Miene zu machen und eins mit dem andern auszugleichen.

Die dem schönen Geschlecht zugeeigneten Albums dagegen, die Porträts, Barkarolen und Ballszenen zeigen den galanten, gefälligen und feingebildeten Künstler, der bald tändelnd plaudert, bald ernster erzählt, immer aber für sich einzunehmen weiß. War es vor ihm vor allen Fr. Chopin, der entzückende Töne angeschlagen und Weisen erfunden, aus denen ein wahrhaft sinnberauschendes Parfüm hervorquillt, so trachtete Rubinstein, diesem Vorbilde ähnlich zu werden, und die Blume zu pflegen, deren Kelche ein so ungewohnter Duft entstieg; ein Bemühen, das nicht erfolglos blieb, ohne indes darüber im Unklaren zu lassen, wo die höhere Ursprünglichkeit zu suchen sei. Chopin ist das herrlichste und reichste Genie auf dem Gebiete der von ihm gepflegten Litteratur. Rubinstein will als temperamentvolles Talent betrachtet sein, das freudig die Ähren aufliest, die der Vorgänger auf dem Acker liegen gelassen.

Sogleich sein op. 1 trug Salonzwecken Rechnung; es betitelt sich „Ondine", ist in Etüdenform gehalten und bei Schlesinger in Berlin erschienen. Robert Schumann würdigte es seiner Beachtung und stellte ihm in der „N. Z. f. M." ein auch in den gesammelten litterarischen Werken zu findendes Zeugnis aus: „Die erste Arbeit des talentvollen Knaben, der sich als Spieler schon einen so großen Ruf erwarb. Ob er auch bedeutendes produktives Talent habe, läßt sich nach dieser vorliegenden ersten Leistung weder behaupten noch verneinen. Daß in dem kleinen Stück das Melodische vorwiegt, ohne gerade eine schöne neue Melodie zu bieten, läßt hoffen, daß er das wahre Wesen der Musik zu begreifen angefangen und sich in diesem Sinne immer glücklicher entwickeln wird. Der Titel der Etüde, „Undine" findet seinen Grund zumeist in der wellenförmigen Art der Begleitungsfigur; etwas Originelleres, durch und durch Gelungenes konnten wir von so jungen Jahren nicht erwarten. In keinem Falle dürften aber unreine Harmonien stehen bleiben wie: (folgt Beispiel); jeder irgend leidlich gewandte Musiker hätte ihm die Stelle verbessern können."

Sein op. 2 brachte „Russische Fantasien", op. 3 die bevorzugten „Deux melodies", op. 5 die „Polnischen Tänze"; das Akrostikon „Laura", op. 37 (Wien, Spina); späterer Zeit entstammen Album de Peterhoff, 12 Stücke, op. 75, die Phantasie E=moll, op. 77; die neun Hefte umfassenden Miscellanées, op. 93, deren letztes Heft in zwölf anmutenden Miniaturen auch dem Dilettanten höchst willkommen ist; die Etüde auf „falsche Noten" in C=dur und die Valse caprice in Es=dur (Leipzig, B. Senff). Nicht zu vergessen ist auch das op. 82, Album des danses populaires (neuerdings in einer Oktavausgabe zu haben), le Bal und sechs Etüden (Berlin, Bote & Bock); Album de 24 portraits (in drei Heften), eine Suite, op. 38 (Mainz, Schotts Söhne); drei Kapricen, drei Serenaden (Leipzig, Breitkopf & Härtel); op. 29, zwei Trauermärsche und op. 30, Barcarole und Appassionato (Leipzig, Fr. Kistner); op. 53, Preludes et fugues en stile libre und neue Ausgabe der Etüden op. 23 und 24 (Leipzig, C. F. Peters). Charakter=

bilder zu vier Händen bietet op. 50; Soirées à St. Petersbourg, sechs Stücke, op. 44 (Leipzig, C. F. Kahnts Nachfolger); Phantasie über ungarische Melodien (Pest, Rosavögly & Komp.). Ernster gehalten ist die vierhändige Sonate in D=dur op. 89. Troix morceaux de Salon für Klavier und Violine halten des, was ihr Titel verspricht; einen akademischeren Charakter tragen Rubinsteins Sonaten für Klavier zur Schau; wir besitzen von ihnen drei, die erste aus F=dur, die zweite in C=moll, und die dritte aus F=dur; in der dritten gelingt es ihm am besten, den Forderungen der Kunstform gerecht zu werden und sie mit einem Inhalt zu erfüllen, der ihr und dem Maßstab besser genügt, den wir auf die Thaten unsrer Großmeister hin an die Sonaten legen.

Minder glücklich ist er in einer Sonate mit Viola in F=moll und zwei mit Violoncell. Von seinem Quartett mit Blasinstrumenten und dem andern mit Streichinstrumenten, sowie einem Oktett mit Streich= und Blasinstrumenten sei nur bemerkt, daß sie der höhern Kammermusik angehören, bis jetzt nur selten auf den betreffenden Programmen sichtbar geworden, auf jeden Fall aber nicht verdienen, ihnen völlig fremd zu bleiben.

Eines der schönsten und schätzenswertesten kammermusikalischen Werke Rubinsteins ist sein Trio für Pianforte, Violine, Violoncell (op. 52, B=dur). Es birgt in seinem ersten Allegro viel Feuer und rasch pulsierendes Leben: ein treues Abbild vom Komponisten, dem es hier geglückt, sich selbst von der besten Seite zu porträtieren; in dem Scherzo wird uns Champagner kredenzt, die Pfropfen knallen, daß es eine Lust ist und Klavier, Violine, Violoncello wetteifern mit einander, die geistsprühende Unterhaltung in Fluß zu erhalten und so entspinnt sich ein Tonbild, das dem Vollblut=Pariser als eine der ergötzlichsten musikalischen Kauserien erscheinen darf, französisches Quecksilber wirbelt in ihm.

Der langsame Satz strebt nach choralhafter Weihe, verbindet mit ansprechenden Proportionen einen schönen, wenngleich nicht außerordentlichen Gedankengehalt und steht so mit seiner nächsten Umgebung auf ziemlich gleicher Wertstufe; dem Finale wird ein tieferer Platz anzuweisen sein: denn eine gewisse Buntscheckigkeit, ein Umherschwanken in allen möglichen Stilen behält die Oberhand: das ist der Hauptfehler an jedem größeren kammermusikalischen Werke; nirgends anders erweist er sich gleich verhängnisvoll als in einem Quartett oder Trio, wo nun einmal eine geistige Strenge vorausgesetzt und jeder potpourristischen Gestaltungsweise der Boden zu versagen ist. Auch ein zweites Trio (g=moll) ist nicht zu unterschätzen; obgleich es an frischem Wurf und keckem Elan das aus B=dur nicht erreicht, so wohnt ihm doch eine gewinnende Stimmung inne und das mag einigermaßen darüber hinwegsehen lassen, daß ihm eine höhere Originalität abgeht. Es fällt nicht schwer, hier Anklänge an Mendelssohn, dort an Schumann, an einigen Stellen sogar an Weber herauszuhören. Aber es spinnt sich auch in ihm das meiste anziehend ab; hinter gesellschaftlicher Höflichkeit verbirgt sich ein weltgewandter Sinn, der sich gewöhnt hat, auch dem Unscheinbaren eine unterhaltsame Seite abzugewinnen und durch eine geistreiche Wendung das von Haus aus Triviale zu adeln. Dabei durchzieht das Ganze ein gesunder republikanischer Zug trotz der aristokratischen Fassung des Ganzen: weder Klavier, noch Violine oder Violoncello trachten nach den Würden der Suprematie: sämtliche Faktoren ordnen sich einander unter, schneiden sich einander nicht absichtlich das Wort und die freiere Rede ab, sondern wirken zusammen in wohlthuender kollegialischer Eintracht.

Mit den Violinsonaten hat Rubinstein zwar den löblichen Versuch gemacht, der betreffenden Litteratur einen nicht überflüssigen Zuwachs zuzuführen, doch ist er nicht besonders glücklich ausgefallen und das Ergebnis kaum von großem künstlerischen Belang. Die A=moll=Sonate zieht sich sehr in die Länge; die Erfindung macht sich es ziemlich leicht und behilft sich lieber mit den Auskunftsmitteln der Routine, als daß sie wartete auf höhere Eingebungen; am wenigsten neues bietet der langsame Satz, der bei dem Bestreben, eine Verschmelzung Beethovenschen Ernstes mit Mendelssohnscher Weltgewandtheit herbeizuführen, natürlich ein nur bedenkenerregendes Resultat erzielt. Ein derartiger Versuch ist mindestens ebenso fragwürdig, wie wenn ein Baumeister auf die Kuppel des Peterdomes noch ein zierliches Provinzialstadttürmchen aufpflanzen wollte. Der Seitensatz im Finale wird durch eine triviale melodische Wendung mehr verunschönt als gehoben. Alles in allem rauscht es und braust es in dieser Sonate mehr, als daß ein tieferer musikalischer Gehalt sich ausprägt. Bodenstedts Ausruf:

„Es klappert manche Mühle,
doch ach! ich seh kein Mehl!"

könnte einem wohl entschlüpfen angesichts eines Werkes, dem die Musen ihren Segen so gut wie vorenthalten haben. Alles in allem beansprucht die Rubinsteinsche Kammermusik keine bevorzugte Rangstufe; obgleich ihr vornehme Gesinnung und das gewissenhafte Bestreben, in den Fußtapfen unsrer Klassiker und Romantiker zu wandeln, nicht abzusprechen ist, so geht ihr doch häufig jene Erfindungsbestimmtheit und Plastik in der Ausgestaltung ab, ohne welche gerade ihre Lebensfähigkeit immer in Frage gestellt bleibt.

Wer Rubinsteins Künstlernaturell tiefer erfaßt, wird sich über das Problematische in seiner Kammermusik nicht weiter verwundern. Denn das Maß der Konzentration, das hier unentbehrlich, ist ihm selten verliehen; Steine vom Felsen zu wälzen und sie herabdonnern zu lassen ins Thal, das fällt ihm nicht schwer; sie aber mühsam zu behauen, sie auszumeißeln mit aller architektonischen Peinlichkeit, dazu versteht er sich nicht so leicht; auf diese letztre aber, auf die Konzentration und bildhauerische Peinlichkeit kommt es in dieser Kunstgattung vor allem an.

Zwei große Phantasien besitzen wir von Rubinstein; die eine ist geschrieben für Klavier und Orchesterbegleitung, die andre für zwei Pianoforte; weder die eine noch die andre bekommt man häufiger zu hören; außer von Komponisten haben wir die erste noch von keinem andren Virtuosen im Konzertsaal berücksichtigt gesehen, und auch in Rußland erfreut sie sich nur geteilter Sympathien.

Der Grund dafür ist leicht gefunden; stellt doch das Stück an den Solisten Anforderungen, denen eben nur der Komponist in dem Maße gewachsen, um mit ihnen als Sieger das Feld zu behaupten.

Darin liegt zugleich die Andeutung, daß der Inhalt des Werkes nicht soviel Verlockendes, soviel Eingängliches, unmittelbar Zündendes besitzt, um ein gründliches Studium unsern Pianisten als Ehrensache, wenn nicht als unumgängliche Pflicht erscheinen zu lassen.

Wer die authentische Interpretation dieser Phantasie durch den Komponisten erlebt, der besinnt sich wohl noch auf die davon erhaltenen Eindrücke; es war einem, als breite sich vor uns eine ungeheure Wüste aus mit all' ihrer phantastisch-grausamen Szenerie, mit ihrem Sandwirbel und heulenden Schakalen, mit ihren Karawanen und wildfremden Menschengruppen. Auch das Trugbild der Fata morgana läßt nicht lange auf sich warten, ebensowenig wie die Oase, die nur leider zu bald wieder verschwindet; und nun heißt es, den Rückweg antreten und noch einmal all das Wüstenbild zu durcheilen, das vor uns sich ausgebreitet in augenblendender Farbenglut.

In dieser Phantasie schließt sich Rubinstein weit mehr als in den meisten seiner übrigen Werke den Bestrebungen der sog. „Neurussischen Schule" an, die bekanntlich neuerdings ziemlich selbstbewußt aufgetreten und ihre Fahne so stolz geschwungen, als hätte sie den Sieg über die Gegner bereits auf allen Linien sich erkämpft. Ohne an dieser Stelle auf solchen übereilten Irrwahn näher einzugehen oder seine Berechtigung zu zergliedern, sei nur erinnert, daß mit dem kürzlich erfolgten Tode Borodins diese Schule eines ihrer frischsten Talente verloren hat und daß dieser Komponist in einem Orchesterwerk gleichfalls ein Wüstenbild hingestellt mit großer realistischer Treue und Anschaulichkeit, die mit der Rubinsteinschen Illustrationsweise rühmlich wetteifert.

Die Phantasie für zwei Pianoforte krankt an dem Fehler allzugroßer Breite, einer Weitschichtigkeit, der man schon auf der Hälfte des Weges überdrüssig wird. Hin und wieder blitzt wohl ein heller Funke auf gleich einer Rakete, aber er verpufft zu schnell und doppelt schwarz ist dann wieder die Nacht. Der aufgebauschten Phraseologie scheint hier ein allzu weiter Spielraum überlassen; es ist einem, als sähe man dichte Schichten von Watte vor sich, in denen schließlich weiter nichts als ein geringwertiger Bleiring steckt. Wozu solchen Luxus in der Emballage, wenn der Kern nicht von größerm Belang? Die Phantasie hat er seinem Bruder Nikolaus gewidmet; darf man wohl annehmen, es werde unter den Händen des Bruders und des Komponisten das Werk weit mehr Reiz entfaltet haben als unter den Händen von Spielern, die ein brüderliches Interesse ihm nicht entgegenzubringen und daher dessen innere Bezüge nicht zu enträtseln wissen, so wird doch selbst bei der Wiedergabe durch sie die oben gerügte Weitschichtigkeit nicht aus der Welt geschafft. Dem Ganzen liegt die Variationenform zu Grunde; das allein verschuldet gewiß nicht die eben erwähnten Mißstände: denn wenn eine Form sich dazu eignet, eine haarscharfe musikalische Dialektik zur Entfaltung zu bringen und hart die Gegensätze auf einander platzen zu lassen, so sicherlich diese; soll daran erinnert werden, was z. B. ein Johannes Brahms aus ihr Großes und Bedeutendes geschaffen in Klavier= wie Orchesterkompositionen? Genügt nicht schon ein Hinweis auf sein op. 56, die Variationen für Orchester über ein Haydnsches Thema, um die Meinung aller derer vollständig zu entkräften, denen Variationen nur als leerer Formelkram und leere Phantasiebethätigung erscheint? (Vgl. Bernhard Vogels Monographie: „Johannes Brahms". Leipzig, Max Hesses Verlag). Und wenn wir uns nur auf moderne Tondichter in dieser Frage berufen wollen, hat nicht auch ein Robert Volkmann z. B. in seinem op. 26: Thema und Variationen über Händels harmonischen Grobschmied in dieser Form höchst geist= und gemütreiches hervorgebracht? Beim Anhören dieser und ähnlicher Variationen ist von Langeweile für den kundigen Hörer nirgends die Rede; vielmehr wird die Aufmerksamkeit in beständiger Spannung erhalten und aufs mannigfaltigste beschäftigt und angeregt. Was folgt daraus anders als: unter den rechten Händen bewährt sich die alte Form, wenn an sie ein tiefbohrender Geist, eine starke Potenz herantritt, in ungebrochener Lebenskraft; Rubinstein beschäftigt sich mit ihr zu oberflächlich und das ist es, warum seine Variationen zu trocken ausgefallen und wenigen recht munden wollen.

Bis jetzt hat Rubinstein genau soviel Klavierkonzerte komponiert wie Beethoven, also fünf; das erste aus E=dur (C. F. Peters, Leipzig) teilt mit dem zweiten aus F=dur (Wien, Spina) das gleiche Schicksal, schon jetzt von unsern Pianisten so gut wie ganz vergessen zu sein; lebendigerer Teilnahme erfreut sich bei ihnen noch das dritte aus G=dur (Berlin, Bote & Bock); während das fünfte aus Es=dur (Leipzig, B. Senff) vielleicht als das großartigste, zugleich als das gedankenschwerste und bezüglich der technischen Schwierigkeiten anspruchsvollste zu bezeichnen ist und aus diesem Grunde hauptsächlich härter um den Gewinn der Konzertsäle kämpfen muß, hat sich das vierte aus D=moll (Leipzig, B. Senff) zum Liebling der Pianistenwelt und damit zugleich des Publikums aufgeschwungen und bis zur Stunde in allgemeiner Gunst sich behauptet. Hier, wie in seinen übrigen Klavierkonzerten, hält er die von Beethoven aufgestellte, von Mendelssohn und Schumann gewissenhaft befolgte Norm fest, schwört zur Dreisätzigkeit, verläßt nur selten die Gedanken=

sphäre, innerhalb welcher auch die eben genannten Meister von jeher sich bewegt haben.

Kühn und vollgriffig ist der Klaviersatz, oft pomphaft ausholend, als gälte es mit dem Jupiter tonans einen Wettkampf zu bestehen. Ohne ein vollgerütteltes Maß physischer Kraft wird kein männlicher Spieler mit diesen Konzerten fertig; noch viel problematischer scheint es uns, wenn das zarte Geschlecht sie bezwingen will; denn äußerst selten nur gebietet eine Pianistin gerade über die Waffen, mit denen allein hier der Kampf ausgefochten werden muß; wohl tauchen gelegentlich auch Stellen auf, wo weibliche Anmut ihre Rechnung findet, sie treten aber doch zu sehr zurück hinter dem Donnerbraus, der vorwaltet und den nur die zehn Finger eisenfester Hände zu wecken vermögen.

Man muß diese Konzerte vom Komponisten selbst vortragen hören, um hinter ihre eigentliche Wirkungsfähigkeit zu gelangen.

Denn wenn ihnen auch der größte Teil unsrer jungen Virtuosen nach technischer Hinsicht gewachsen sein mag, so sind sie doch außer stande, mit der Macht jener Individualität uns zu packen, die dem Komponisten und Interpreten verliehen ist. Er hat sie ja auch zunächst für sich geschrieben, für seine Bedürfnisse, für seine pianistischen Liebhabereien, die man nun einmal als solche anerkennen und gelten lassen muß.

Unter Rubinsteins Händen führen denn auch seine Kompositionen eine weit glutvollere Sprache; sie brausen oft in tobendem Wellenschlag auf, fesseln den Hörer dann plötzlich durch eine auftauchende, seltsam volkstümliche Melodie, um ihn schließlich wieder in den heftigsten Strudel hineinzureißen oder triumphierend zum heißersehnten Hafen zu geleiten.

Der vierhändigen Klavierlitteratur hat Rubinstein eine ebenso umfängliche als pikante Bereicherung zugeführt mit dem Bal costumé (op. 103). Es sind in diesen Heften bunte Tanzszenen aneinander gereiht, von denen jede einzelne als Kabinettstück zu bezeichnen und genau das enthält, was die glücklich gewählte Überschrift verspricht.

Titel, wie: „Die schöne Andalusierin" 2c. zaubern der Phantasie anmutige Bilder vor und Rubinsteins Musik sorgt trefflich dafür, dieser und ähnlichen Gestalten und Szenen die günstigste Beleuchtung auszuwirken. Über alles breitet sich der feinste Salonduft aus und wenn man einmal den Versuch machen wollte, diese Überschriften in sogenannte „lebende Bilder" zu verwandeln und zur Darstellung zu bringen, so müßten diese vierhändigen Stücke den beredtesten musikalischen Kommentar zu der Inszenierung abgeben.

Aus der frühern Litteratur wären diesen Heften vielleicht Schumanns „Ballszenen", teilweise auch die „Davidsbündlertänze", oder der „Karneval" als Vergleichungsobjekte gegenüber zu stellen; und eine derartige Parallele würde keineswegs zu Ungunsten Rubinsteins ausschlagen. Mag immerhin der poetische Gehalt, die Fülle phantastischer Bezüge, die Schätze der Charakteristik, die Feinheit und Originalität der Erfindung den erwähnten Schumannschen Tonbildern den Vorrang sichern vor diesen Rubinsteinschen Szenen, so bleiben sie doch, vermöge des geschmeidigen und wohlklingenden Tonsatzes, hinsichtlich des pianistischen Klangreizes nicht hinter erstern zurück, ja bezüglich mehrerer Nummern will es uns bedünken, als überragten sie in der erwähnten Hinsicht noch die Schumannschen Stücke.

Der „Bal costumé" ist, wie so manches andre vierhändige Werk, dem Schicksal nicht entgangen, instrumentiert zu werden. Befindet es sich nun in dieser orchestralen Einkleidung wohler, als in dem originalen Gewande? Wir glauben diese Frage im Prinzip verneinen zu müssen; denn der Reiz des Intimen, Familienhaft=Traulichen, wie er jeder echten vierhändigen Originalkomposition eigen sein soll, wird bei einer noch so geschickten Instrumentation meist verwischt, wenn nicht ganz unsichtbar. Nur das Konzertbedürfnis, die Sucht, auf unsern Konzertprogrammen durch möglichst viele und möglichst gute und anziehende Neuheiten dem Publikum Zugeständnisse zu machen, entschuldigt derartige Übertragungen; es fragt aber auch nicht darnach, ob einem Original Gewalt angethan wird, sondern ist mit allem zufrieden, was seiner Genußfreude entgegen kommt.

IV.
Anton Rubinsteins Lyrik.
(Ein- und mehrstimmige Gesänge.)

Als Lyriker hat Rubinstein am frühesten sich frische und noch immer blühende Kränze errungen und auf keinem andern Gebiete als gerade in der Lyrik darf man seiner Bedeutung in gleichem Grade vollste Gerechtigkeit widerfahren lassen. Das erklärt sich jedem leicht, der das Wesen dieser Kunstgattung von dem einer andern zu unterscheiden weiß. Ein glücklicher Einfall, eine warme Empfindung, eine gefällige Einkleidung reichen aus zum Wohlgelingen eines Liedes; das Mißverhältnis zwischen Form und Inhalt, wie es nur zu leicht in den höhern instrumentalen Kunstgattungen zu Tage tritt, wird hier leicht ausgeschlossen; von jener Unerbittlichkeit der musikalischen Logik, wo mit dem Fallen des Grundsteines das ganze musikalische Gebäude in sich zusammenbricht, braucht hier keine Rede zu sein. Und wie die ganze Natur Rubinsteins dem Improvisatorischen zuneigt und von der Gunst des Augenblickes ihre beste Nahrung bezieht, so befähigt sie ihn zugleich in engem Rahmen, innerhalb kleiner, freier Formen lyrische Gebilde, Stimmungsbilder zu schaffen, denen man den vollen Herzschlag des erregten Künstlers anmerkt. Hier, wo er mit Uhland es hält und seines vollen Herzens Triebe im Gesange jedem frei giebt, lispelnd seine Liebe, und tosend seinen Zorn vorbeiwandeln läßt, gewinnt er zudem eine Ursprünglichkeit, die viel höher und durchgreifender ist, als in seinen großen Schöpfungen der Kammer- und Orchestermusik. Er nähert sich der Innerlichkeit Schumanns, ohne zum Kopisten zu werden; er geht auf Schubertsche Quellen zurück und erquickt sich an ihrer sprudelnden Frische, läßt aber seinem leidenschaftlichen Temperamente die Zügel schießen, wo ihm der dazu einladende Text in die Hände kommt; was thut's, wenn er sich um Kleinigkeiten hie und da mehr erhitzt, als es

einer kühlern Besonnenheit, die ja überhaupt jedwedem Aussich=
herausgehen abhold, notwendig erscheint? Die Lyrik soll fliegen,
und nicht kriechen; ihr steht das ungestüme Rauschen des Adlers
besser, als der leise Schneckengang.

Fragt man nach den meistgesungenen Liedern der Gegen=
wart, nach den bevorzugten Lieblingen des Konzertsaales, nach
den Paradestücken der Sänger und Sängerinnen, so werden stets
mehrere der Rubinsteinschen Gesänge in erster Linie zu nennen
sein. Der Statistik, der vielangebeteten Wissenschaft unsrer
Tage, mag es vorbehalten sein, zusammenzustellen, wie oft in
den letzten zwanzig Jahren z. B. der „Asra" die Konzertpro=
gramme geschmückt, wie oft die schöne Königstochter an dem
Brunnen auf= und niedergegangen und dem Jüngling das Herz
höher schlagen gelassen, der zu dem Stamme derer gehört:

„welche sterben, wenn sie lieben!"

Wirkt dieses Lied vor allem durch seinen melancholischen
Hintergrund und die orientalisierende Melodik und Rhythmik,
so durchbebt auch das nicht minder bekannte: „Es blinket der
Tau" ein leiser elegischer Ton, für den der heimlich lauschet;
obgleich der Ruf:

„O Welt, wie bist du so wunderschön,
im blühenden Rausch dahinzugehn,
im Arme die zitternde Liebe."

das höchste Glück preist, so entringt sich der Brust doch ein leiser
Zweifel an dessen längerem Bestand und nur zu gerechtfertigt
ist der Wunsch: „O wenn es doch immer so bliebe!"

Wer eine besondre Feinheit dieses Liedes herausheben will,
könnte der des süßen Nachtigallenschlages vergessen, der aus der
Begleitung so finnig heraustönt?

Verhaltener Schmerz, brennende Sehnsucht, Liebesglaube
und Liebesverzweiflung bricht in wogender Leidenschaft aus dem
Liede hervor: „Klinge, klinge mein Pandero"; ihm darf als
verwandtes und ebenbürtiges Gegenstück angereiht werden das
drangvolle Geibelsche: „Hinaus in die Weite", während das
kurische Lied: „Gelb rollt mir zu Füßen" neben warmer Me=
lodik auch der nationalen Eigentümlichkeit volle Rechnung trägt.
Wo er sich in einen Wettstreit mit Mendelssohn einläßt, z. B.
in dem Heineschen Frühlingslied:

„Leise zieht durch mein Gemüt
liebliches Geläute".

da kann nur Voreingenommenheit ihm den Preis aberkennen; traulich und friedlich ist der „Ruheplatz", ein kleines, anspruchsloses Lied, das aber in jeder Note in schöner Naturwahrheit prangt. Nicht jeder Busch glüht in üppigen Rosen, nicht jede Wiese haucht süßen Veilchenduft aus; und so mag es manchem der zahlreichen Rubinsteinschen Liederhefte verziehen sein, wenn sie minder stark duften in Rosen- und Veilchenarom. Der Komponist schon, der die Welt mit einem halben Dutzend herzerfrischender Lieder erfreut, hat ein Anrecht auf warme Dankbarkeit.

In seinem op. 91 bringt Rubinstein dem Meisterroman Goethes „Wilhelm Meister" eine sehr ernstgemeinte und vollwichtige Huldigung dar; nicht allein die Lieder Mignons, sondern alles, was in der weitverschlungenen Dichtung überhaupt Komponierbares sich vorfindet, setzt er in Musik. Obgleich er die meisten der Harfner- und Mignonlieder nicht so bedeutsam auffaßt, daß dadurch die betreffenden Kompositionen Schuberts, Schumanns und mancher andrer Meister in den Schatten gestellt oder gar überflüssig würden, so ist der Mehrzahl der Rubinsteinschen Gesänge doch eine warme und dabei vornehme Empfindung nicht abzusprechen. Hervorhebenswert in dieser Hinsicht ist vor allem das Lied: „So laßt mich scheinen, bis ich werde"; die wunderbare Poesie, die Mignon ihre Verklärung vorahnen und entzückt schauen läßt nach jenen Landen, wo

„keine irdischen Gestalten
fragen mehr nach Mann und Weib,
und keine Kleider, keine Falten
umgeben den verklärten Leib." —,

dieses Gedicht entlockt ihm eine der innigsten, aus der Tiefe empordrängenden Melodien; nicht minder schön und erhebend finden wir das Lied:

„Nur wer die Sehnsucht kennt,
weiß was ich leide."

Mag es überraschen, den Goetheschen Text, der doch nichts Anderes ist, als ein Monolog, ein tiefklagender Sehnsuchtslaut Mignons, in die Form des Duetts gezwängt zu finden; mag man kaum einen triftigen Grund für diese Auffassungs- und Behandlungsweise anführen können und sie als der dichterischen Intention zuwiderlaufend erklären, so muß gleichwohl dem Komponisten zugestanden werden, daß er den Geist der Poesie voll auf sich wirken ließ. Am Ende führen doch alle Wege nach Rom, der eine freilich auf langen Windungen, der andre in gerader Linie und es bleibt immer der Einzelfall zu beurteilen, wenn entschieden werden soll, ob der kürzere zugleich auch der bessere gewesen.

Rubinstein nimmt zudem in diesen Gesängen auf eine sorgfältigere Charakteristik aller Personen bedacht, die Goethe mit Liedern geschmückt. Wie ergreifend heben sich die Melodien des Harfners in ihrer von schwerem Schuldbewußtsein widerhallenden Melancholie ab von denen Mignons, die auf den Schwingen der Sehnsucht leise dahinschwebt wie ein Engel, der seine himmlische Heimat sucht. Dem übermütigen Leichtsinn einer Philine, der freimütigen Nachtschwärmerin, wird Rubinstein mit einer Weise gerecht, die vollständig dem Wesen der schönen Sünderin entspricht und die mit der Alex. Winterbergerschen Behandlung desselben Textes manch' geistreichen Zug gemein hat.

Damit auch der Humor nicht ganz leer ausgehe, fügt Rubinstein seiner Musik auch noch das Lied der komischen Person im Romane ein: „Ich armer Teufel, Herr Baron". Selten genug kommt bei ihm einmal die Komik zu Wort und noch seltner führt sie eine Sprache, von der man überzeugt wird. Aus diesem Grunde möchte diesem Liede eine Ausnahmsstellung in der gesamten Rubinsteinschen Lyrik zuzuerkennen sein; es erbringt den Beweis, daß sie nicht vollständig aufgeht in Pathos und Sentimentalität, sondern auch ein Plätzchen offen behält für Komik und Drolerie.

Wie recht und billig ließ sich Rubinstein das „Requiem für Mignon" nicht entgehen. Es ist dasselbe in neurer Zeit wiederholt von den Komponisten ins Auge gefaßt worden; außer Schumann, der noch seinen Lebensabend mit ihm aufs würdigste zu verschönen berufen war, hat es auch Louis Ehlert in ein ansprechendes musikalisches Gewand zu kleiden verstanden. Rubinstein nun mag hinsichtlich der Vertiefung und des idealisierenden Feingefühls an Schumanns Werk nicht überall heranreichen, doch nimmt er Anläufe zu höherem Aufflug und bleibt nicht hinter seinem Ziele zurück; die Ehlertsche Konkurrenz macht ihm weniger zu schaffen, obgleich auch in Ehlerts Musik mancherlei Zartes zu entdecken ist. Alles in allem wünschten wir diesem Rubinsteinschen Werke die Beachtung aller bessern

Chorvereine weit ausgedehnter zugewandt, als seither leider ihm zu teil geworden. Es verlangt zwar nicht nur eine Anzahl tüchtiger und wohlgewappneter Solisten und Solistinnen, auch der Chor muß seinen Mann stellen, wie die Begleitung; aber das „Requiem" ist gehaltvoll genug, daß man einige Mühen bei Vorbereitung und bei dem Studium um so weniger zu scheuen braucht, als ein voller Erfolg bei befriedigender Aufführung immer verbürgt werden kann. Oder ist etwa unsre Litteratur zu reich an ähnlichen oder noch schwerwiegenderen Cyklen, daß ein Übersehen dieser Musik zu entschuldigen wäre? Soweit wir uns umgeschaut, ist das nicht der Fall.

V.
Anton Rubinsteins Opern.

Rubinstein hat schon frühzeitig auch als Opernkomponist sich versucht; es ist aber kaum notwendig, die betreffenden Werke für mehr als stilistische Vorübungen zu nehmen; und wenn ein Karl Maria von Weber einem Schubert gegenüber ausgesprochen: „Die jungen Katzen und die ersten Opern müsse man bald ertränken", so war der Rat nicht allein wohlgemeint, sondern sogar sehr beachtenswert angesichts der dramatischen Autorität, deren Munde er entstammt.

Die „Makkabäer" sind, von einigen andern kaum in Frage kommenden operistischen Versuchen abgesehen, das dritte dramatische Werk des fruchtbaren Komponisten; vorausgegangen waren ihm als erstes: „Die Kinder der Heide", ein sehr stark mit slavischen und zigeunerischen Elementen gewürztes Werk, das aber äußerst selten nach Deutschland eingedrungen und vorzugsweise auf russischen Bühnen dauernder sich eingebürgert; in unsern Konzertsälen hört man bisweilen daraus eine Sopranarie von süßschwelgerischer Melodik und gewinnender Grazie.

Als zweite Oper folgte „Feramors"; vollständig in lyrischen Stimmungen zerfließend, geht ihr dramatisches Rückgrat nur zu sehr ab. Bis jetzt hat man sie gelegentlich in Wien und Dresden gebracht, bald aber wieder beiseite gelegt, weil der lahme Gang der Handlung in den beiden ersten Akten manche musikalisch-schöne Einzelheit völlig erstickt und der dritte Akt auch musikalisch fast gänzlich im Sande verläuft. Das Hervorragendste darin ist die „Ballettmusik"; sie zählt überhaupt zu dem Besten ihrer Gattung und ist allgemein-musikalisch genug gehalten, um auch außerhalb des dramatischen Zusammenhanges in ihren Reizen auf genügendes Verständnis rechnen zu können.

Die dritte Oper Rubinsteins, „Die Makkabäer", erfuhren am 17. April 1875 die erste Aufführung in Berlin und sind seitdem über mehrere Bühnen Deutschlands gegangen, ohne jedoch zur Zeit noch auf ihnen als repertoirefähig sich zu erweisen.

Wie schon aus dem Titel ersichtlich, haben wir es hier in den „Makkabäern" mit einer biblischen Oper zu thun; stofflich zunächst lehnt sie sich an das Otto Ludwigsche Drama an. Sein Inhalt braucht wohl nicht im einzelnen zergliedert zu werden. Wem es nicht schon aus der Lektüre geläufig, erinnert sich vielleicht noch jener bedeutsamen Aufführungen in Wien, Leipzig, unter Laubes Direktion, die, wie sie überraschender Weise überhaupt für biblische Stoffe eingenommen war und z. B. Hebbels „Judith", das Lebensbild „Ruth" gebracht, auch Otto Ludwigs „Makkabäer" dem Repertoire einzuverleiben bestrebt war. Im Mosenthalschen Operntext fiel nun freilich vieles der unbarmherzigen Schere des Librettisten zum Opfer, der Kernpunkt des Ganzen indes, Leahs und ihres Sohnes Judahs heroische Erscheinung, tritt auch hier gewaltig in den Vordergrund; die Kämpfe eines geknechteten und auf Selbständigkeit bedachten Volkes, das so selten im kriegerischen Waffenglanz gestrahlt, bilden den ernsthaften geschichtlichen Hintergrund; Neid, Verräterei, Waffenglück, Mutterstolz und Glaubenstreue, das sind die Angelpunkte der Handlung, der es auch an wirksamem, episodischem Ausschmuck nicht fehlt.

Wenn ein österreichischer Kritiker schon gelegentlich des „Feramors" gesagt hat: „die Oper könnte Note für Note komponiert sein, ohne daß je ein Richard Wagner gelebt hätte; wenn man Anklänge an andre Meister finden will, so wird man welche an Meyerbeer, an Gounod, vielleicht auch an Schumann finden; aber von Wagners Musikdramen ist Rubinsteins Oper durch eine unübersteigliche Kluft getrennt" — so gilt alles dies noch mehr von den „Makkabäern". Und keiner hat das dem Komponisten, namentlich in Hinsicht auf die etwas mattherzige Instrumentation, mehr zum Vorwurf gemacht, als der Textbuchdichter Mosenthal, der kurz vor seinem Tode in einer in „Über Land und Meer" erschienenen Reihe von Charakteristiken über die Komponisten seiner Operntexte diesen Punkt keineswegs verschweigt. Das Kolorit der Instrumentation in den „Makkabäern" erhebt sich selten zu einer wohlthuenden Gesättigtheit;

sollte diese Simplizität von Rubinstein beabsichtigt sein? Schwebte ihm in dieser Hinsicht etwa das Orchester Méhuls in der Oper: „Joseph in Egypten" vor? Wenn dies der Fall, so wäre darauf nur zu bemerken, daß selbst die orchestrale Einfachheit Méhuls viel weniger an Armut erinnert, als die Rubinsteinsche, einfach deshalb, weil der französische Meister bei seinem erquicklichen Melodiesegen, bei seiner aus reinster, innigster Empfindung hervorquellenden Tonsprache überhaupt keines glänzenden Aufputzes und Ausschmuckes bedurfte, während Rubinstein bei seiner mehr parfümierten und übertünchten Empfindungs- und Ausdrucksweise diesen Kapitalfehler durch eine sprühendere, geistreichere instrumentale Umkleidung mehr zu verdecken hätte bedacht sein müssen. Die beiden von ihm angewandten Auskunftsmittel: häufiges Herbeiziehen von Chormassen und Einfügen von Synagogenweisen, bringen es nicht überall zu der rechten Wirkung. Die Chöre breiten sich aus wie im Oratorium und müssen auf der Bühne schon aus dem Grunde mancherlei einbüßen, weil ein ganz andrer, viel dichterer und sicherer besetzter Vokalkörper nötig ist, als für normale Opernverhältnisse auszureichen pflegt. Und die gehäuften Synagogenreminiszenzen, werden sie auf andre Ohren als auf israelitische einen bedeutendern Eindruck ausüben und werden sie vor einem vorzugsweise nichtjüdischem Opernpublikum jemals mit vollerem Genuß vernommen werden? Mit derartigen rituellen Essenzen läßt sich der abendländische Geschmack nicht befriedigen, am allerwenigsten im Theater; bei ihrer aufdringlichen Verwendung auf der Bühne hinterlassen sie sogar bei uns einen unangenehmen Eindruck.

Wir vermissen in den „Makkabäern" vor allem Stilfestigkeit, aus dem Vollen schöpfende Phantasie und energische Charakterisierungskraft. Die theatralischen Kunstgriffe und Kniffe, die ihm Kollaborator Mosenthal an die Hand gegeben, hat Rubinstein zwar nicht unbenützt gelassen; und das mag manchem zu der Ansicht verführen, als sei der Komponist auf dem Opernfelde sehr heimisch. Bei näherem Zusehen jedoch und bei einem Vergleich dieser mit andrer Opernmusik wird man sehr bald den großen Unterschied gewahr und ertappt sich auf einem Irrtum bezüglich der Ansicht, als sei Rubinstein ein auserwählter Opernkomponist. Wie drängt sich der dramatische Nerv selbst im Konzertsaal bei der einfachsten Arie von Weber, Mozart, im kürzesten Stück von Wagner hervor! Und sogar wenn wir die aus manchen Gründen sehr naheliegende Oper Goldmarks: „Die Königin von Saba", also gewiß nicht ein auf exzeptioneller Höhe stehendes Kunstwerk, den „Makkabäern" gegenüberstellen, so muß Goldmark als das größere operistische Talent erklärt werden: denn er greift mit entschiedener Hand durch und ist in der Kunst der orchestralen Koloristik weit reicher und üppig-glutvoller. Das kritische Gesamtergebnis ist angesichts der „Makkabäer" mithin keineswegs so glänzend, als es von mancher Seite früher hingestellt worden; das soll uns jedoch nicht abhalten, das Werk auch auf seine Einzelheiten hin zu betrachten und seinen mannigfachen melodischen Schönheiten und Höhepunkten gerecht zu werden. Aus dem ersten Akte ist der angenehme, wenngleich nicht besonders originelle Mädchenchor: „Im Therebinthengrün" und das in guten Steigerungen sich aufbauende Hirtenlied: „Tönet Schalmeien" herauszuheben. Die im übrigen monotone Erzählung, „Leahs Traum": „Als ich mit dir gesegnet war", weist nur in der Schilderung, „wie sich niedersenkt der Priesterhut, den Aaron trug", anziehendere Einzelheiten auf; aus der thematischen Erfindung in den beiden größern Ensembles: „Segen dem Tröster" und „Zieh deinem Ziel" ist kaum großes Aufheben zu machen; erst durch eine geschickte vokalistische Ausbeutung wächst die Nummer zu einer erheblicheren Bedeutung. Der syrische Kriegermarsch bedürfte wie der griechische Priesterchor packendere und weihevollere Züge; bei dem ersteren glaubt man irgendwelchem bekannteren Scherzogedanken, bei dem letzteren einer ziemlich landläufigen Männergesangvereinsphrase zu begegnen. Würde mit dem Sturze des Götterbildes, als dem entscheidenden Ereignis, der Abschluß kürzer zusammengedrängt, so müßte das Finale an dramatischer Wucht gewiß gewinnen.

Ein frischer, wenngleich billig erfundener Kriegerchor eröffnet den zweiten Akt; der Schwerpunkt fällt auf den Chor: „Sabbatruhe, heil'ge Feier"; die etwas süßliche Männerquartettwendung in der zweiten Hälfte („Trauter Freier") wünschen wir im Interesse der sonstigen würdigen Haltung dieser Nummer ausgemerzt und durch eine bessere ersetzt; die spätere Kombination dieses Chores mit dem Syrermarsch ist einer der geistreichsten Züge der Oper. Die Erosgesänge der drei Sklavinnen schmeicheln sich gefällig dem Ohre ein, obgleich sie höhere Ursprünglichkeit nicht beanspruchen; gesteigerter lyrischer Schwung zeichnet das Liebesduett zwischen Kleopatra und Eleazar aus. Leahs Siegesdithyrambus „Schlaget die Pauke" ist entschieden orientalisch angehaucht, in der Deklamation aber ziemlich verfehlt und undeutsch betont, sodaß diese Nummer, weil fast aus Karrikierende streifend, uns mehr peinlich berührt als erheit. Ungleich reiner und poesievoller ist das ruhige Finale dieses Aktes, wo Leah mit Naëmi, der früher Verschmähten sich versöhnt und in ihr die einzige Stütze bei schwerem Leide findet.

Jammernder Synagogenton füllt den Eingang des dritten Aktes; erst Judahs Monolog: „Was, Herr, befiehlst du deinem Knecht", bringt einen freien Zug in die dumpfe Atmosphäre; problematisch in der Wirkung bleibt das Allegroensemble: „Welch ein Strahl blitzt durch die Seele", zu wüstem Geschrei wird es überall ausarten, auch wenn der Chor sich aller Vorsicht befleißigt. Edler in der Erfindung und zugvoll in der Stimmung ist die große Szene des Judah mit der Naëmi; Leahs Auftritt vor dem König: „Hörst du den Donner" und ihr einsames Sterben würden eindrucksvoll ungetrübt das Ganze beschließen, wenn nicht wieder sehr störende Deklamationssünden in dem Passus: „Mein Judah naht" uns aus der Stimmung brächten.

Zieht man die Summe vom Ganzen, so ist sie nicht groß genug, um Rubinsteins Beruf für die Opernkomposition außer Frage zu stellen; im Vergleich mit seinen übrigen Opern aber werden die „Makkabäer" immerhin ein Übergewicht auch fernerhin noch behaupten.

Mit dem später entstandenen „Nero" wagt der Komponist einen Schritt von der alttestamentlich gläubigen Welt in das von allen Freveln der ausgelassensten Sinnenlust zerfressene Rom zur Zeit des Titelhelden, der aller Ehrenrettungen ungeachtet vor uns nie anders als in der Gestalt eines der übelsten Scheusäler steht. Für ihn und die Kreise sich zu begeistern, in denen ein vom Cäsarenwahnsinn verfolgter Herrscher schweift und ausschweift, ist einem leiblich gesunden Empfinden nicht gut möglich. Und dieses stoffliche Mißbehagen vor allem läßt an dem Werke selbst eine nachhaltigere Sympathie nicht aufkommen und hat es verhindert, daß „Nero" wenigstens auch zu den Bühnen vorgedrungen, auf welchen man die „Makkabäer" oder den „Dämon" gebracht. Die Rubinsteinsche Musik hätte an sich ein besseres Los gerade in diesem Falle verdient; denn sie erhebt sich an mehreren Stellen selbst über die Höhepunkte der „Makkabäer", und wenn man das Urteil eines Hans von Bülow unbedingt unterschreiben will, so hätte die neueste große Oper französischer Tendenz in diesem „Nero" eine der bedeutendsten Nachblüten zu begrüßen. Uns scheint das Lob etwas übertrieben; wahr ist, „Nero" muß der „großen Oper" französischer Tendenz beigezählt werden; wahr auch ist, daß in „Nero" mindestens ebensoviel Esprit steckt wie in den jetzt blühenden Opern eines Saint-Saëns („Heinrich VIII."), Massenet („Herodias", „Cid") ꝛc.; aber hier wie dort steht einer kräftigeren Wirkung des „Nero" im Weg die stoffliche Widerhaarigkeit, während bei den Franzosen das Textbuch auf viel glücklichere Charaktere und Situationen Bedacht nimmt; dann auch verstehen sich die Franzosen viel besser auf den theatralischen Schmiß, auf das Packende, Herausfordernde im Ausdruck, auf die Schärfe der Situationsschilderung; alles Eigenschaften, die bei Rubinstein, weil er nun einmal über den Konzertgusto auch in seinen Opern selten hinauskommt, in den Hintergrund treten; wenn der Stoff so verwegen wie im „Nero" ist, da läßt er sich genügend nur bewältigen, wo sie mit aller Gewalt durchbrechen; die Rubinsteinschen Tugenden können zu großen Fehlern werden, sobald ihnen nicht etwas sich beigesellt, was der Neromusik zum entscheidenden Charakter verhilft. Und da dieses Element hier ausbleibt, so entbehrt das ganze Werk zugleich des dramatischen Nachdruckes.

Was Rubinstein in der Folge sonst noch für die Bühne geschrieben, ist dem Wert wie dem Umfang nach von noch geringerer Bedeutung. Weder das Ballett, das „Fest der Rebe", noch die komische Oper: „der Papagei" haben eine kräftigere Wirkung erzielt und selbst die Freunde Rubinsteins mehr enttäuscht als befriedigt. Das mag es hauptsächlich erklären, warum sich der Komponist seither ein Stillschweigen nach dramatischer Hinsicht auferlegt. Hätte man die Gewißheit, daß er nunmehr in sich geht, ruhig überlegt, was das Hauptgebrechen seines operistischen Schaffens ist, so könnte man sein Schweigen nur mit Freuden begrüßen; die Lehren, die er aus seinem seitherigen Schaffen auf diesem Gebiete zu ziehen in der Lage war, nützt er vielleicht später bei neueren Opern aus und sie tragen hoffentlich alle die Merkmale an sich, die ihnen eine längere Lebensfähigkeit verbürgen. Die meiste Beachtung verdient die Oper: „Der Dämon".

Der Gang der Handlung im „Dämon" ist, in kurzen Zügen gefaßt, ungefähr folgender: Tamara, die engelgleiche Jungfrau und Verlobte des Fürsten Sinodal, hat sich ein Dämon zur Beute erkoren und läßt nichts unversucht, sie, die im Schmucke vollster Reinheit prangt, seinem finsteren Reiche zuzuführen. Zuerst an sie herantretend, als sie von dem Schlosse ihres Vaters Gudal gleich einer Nausikaa zum Brunnen herabsteigt, gelingt es ihr, seinen Netzen zu entrinnen und hinter den schützenden Wällen des väterlichen Schlosses vor seinen Nachstellungen sich zu verbergen. War dem Dämon vorläufig die Braut entgangen, so sinnt er nun rachsüchtig auf den Untergang des Bräutigams. Sinodal, das Herz voll glücklichen Verlangens nach Tamara, hat sich aufgemacht, die Braut zu holen zu prunkvoller Hochzeitsfeier; mitten auf dem Weg wird er auf des „Dämon" Antrieb von einer Tartarenhorde überfallen und mit dem größten Teile seiner Begleiter niedergemetzelt. Damit begnügt sich der nimmersatte Verführer nicht; mit immer ungestümerem Werben sucht er Tamara nochmals heim, doch immer wieder vergebens; ein düstres Kloster soll ihr den Frieden spenden, dessen ihre geängstigte Seele so dringend bedarf; doch auch das Heiligtum schreckt den „Dämon" nicht ab von ferneren Verfolgungen der Schwergeprüften, obgleich ihm der Engel des Lichts den Eintritt schwer genug gemacht. Und hier, wo Gottes Atem fühlbarer als anderwärts wehen soll, unterliegt Tamara den Einflüsterungen des Bösen: so sehr sich das Innerste gesträubt, der feindseligen Macht sich zu ergeben, am Ende sinkt sie doch in ihre Arme. Vergeblich erscheint nochmals der Engel des Lichts, er findet Tamara nur als Leiche. Des Dämonen Triumph aber ist vereitelt: denn eine Tote kann ihm die Erlösung unmöglich bringen, nach der er sich gesehnt. Nun kann er dem Engel des Lichtes keinen Widerstand mehr leisten, es öffnen sich ihm wieder die Pforten der Finsternis und ewig fortan übt er sein schwarzes Walten aus; göttliches Erbarmen aber gewährt der schuldlosen Tamara Verzeihen und Aufnahme in den Himmel.

Es wird also im „Dämon" der Sieg des Bösen über die Unschuld und der letztern Errettung auf dem Wege der Gnade ziemlich breit zur Anschauung gebracht. Das Sonderbare dabei ist nur, daß der Hauptheld bald den Agierenden unsichtbar sein soll und doch leibhaftig dem verehrten Publikum sich präsentiert und so zu einer dramatischen Spiegelfechterei sich gebrauchen läßt, wie man sie auf der deutschen Bühne vorher kaum noch erlebt hat. Dabei ist dieser „Dämon" soviel in einer Person, daß man gar nicht recht weiß, wohin er eigentlich rubriziert werden soll. Hier borgt er sich ein Stückchen Grübelei von „Faust", dort ein Fünkchen Ewigkeitstrotz von Ahasver; hier etwas Erlösungsbedürfnis vom „Fliegenden Holländer", dort ein Portiönchen diabolischer Sinnlichkeit vom „Vampyr"; hier eine Dosis Weltschmerz von „Manfred", dort eine Kleinigkeit von der Liebessehnsucht eines „Hans Heiling"; hier möchte er gern Webers „Freischützkaspar", dort Meyerbeers Bertram kopieren; und so schielt er nach allem möglichen, hospitiert in allen bekannten Rollengattungen, ohne in einer das Vollbürgerrecht zu erwerben. Kann es verwundern, daß unter solchen Verhältnissen der Hauptheld eine recht buntscheckige Gestalt wird und mit einem Gesicht sich vor uns hinstellt, aus dem selbst ein so gewandter Physiognomiker, wie der Schweizer Kaspar Lavater gewesen, nichts Bestimmtes herausgelesen haben würde? Den Musen sei es tausendmal gedankt, daß sie einen Weber, Marschner, Wagner uns geschenkt, die uns erkennen ließen, was ein „Dämon" für die Musik zu bedeuten habe, wie er gezeichnet werden müsse und wie er durchzuführen sei.

Im großen und ganzen klingt in dieser Oper das Meiste besser als in den „Makkabäern", giebt sich anspruchsloser, büßt aber dabei auch an äußerer Eindrucksfähigkeit ein. Für den wahren Opernkomponistenberuf Rubinsteins legt allerdings auch diese Oper ein nur mattes Zeugnis ab: denn mit Ausnahme des großen Duetts im dritten Akte, wo sich Anläufe zu leidenschaftlicherer Dramatik vorfinden, ist fast alles übrige weiter nichts als mehr oder minder gelungene, sozusagen kostümierte Konzertmusik. Und das ist eben der Erb= und Grundfehler dieser Rubinsteinschen wie so vieler andern Opern, daß sie nicht wissen, wo beiden Gebieten, der Konzert= und Opernmusik, die Grenzen gezogen sind; das Vermengen beider Stile ist immer als ein unheilbares Unglück zu betrachten und zu empfinden.

Sogleich die Einleitung mit ihren verzweigten Geister=chören, die auf dem Papier fürs Auge mehr Wirkung als auf der Bühne fürs Ohr erzielen, bleibt im Oratorienhaften stecken; vielleicht wäre sie überhaupt nicht da, oder hätte eine andre Gestalt, wenn nicht Mendelssohn den ersten Chor im „Elias",

an welchen sie mehrfach anklingt, schon vor vierzig Jahren ge=
schrieben hätte. Zu einem hübschen, zwar rein konzertmäßigen
Effekt bringt es der Abschluß der ersten Szene im Duett des
Engels mit dem Dämon:
> „Doch was die Liebe ist, du ahnst es nicht."

Auch die zweite Szene läßt sich angenehm an: der Zug der
trügetragenden Mädchen bietet ein freundliches Bild, die Melo=
die: „Täglich eilen wir im Fluge" heimelt an, und wenn man
Schuberts Klavierimpromptu (C=moll) kennt und liebt, so weiß
man auch, warum dieser Mädchenchor uns sympathisch ist:
Rubinstein hat eben von Schubert an dieser Stelle die würz ge
Essenz sich geholt. An russische Volksliedweise knüpft das Led
der Amme an: „Es eilet der Bräutigam hin zur Braut"; die
Ergänzung des gesungenen Vordersatzes durch ein instrumen=
tales Nachspiel berührt eigentümlich und erinnert an die Praxis
früherer Zeiten, wo namentlich wackere Dorfkantoren (auch der
Bürgermeister in Lortzings „Zar und Zimmermann") sich in
derartigen Melodiegestaltungen gefielen. Dem Liebesgruß des
Fürsten:
> „Ach, wie flög' ich wieder schnell
> meinem holden Täubchen zu"

muß Gefühlswärme und orientalischer Anhauch nachgerühmt
werden; nur schade, daß über den vielen, dem deutschen Ohre
ungenießbaren Silbenzerreißungen und Zerrungen die günstigere
Wirkung in die Brüche geht; doch daran mag die Schuld zum
Teil auf die Rechnung des Übersetzers zu stellen sein, im Ori=
ginal hört sich, wenn alle diese Mißstände zurücktreten, wahr=
scheinlich vieles noch besser an. Der Dienerchor: „Finstre Nacht
ist es schon" scheint aus asiatischer Steppe zu stammen, das
Finale des ersten Aktes ermangelt der notwendigen Spitze und
Steigerung.

Ju den zweiten Akt muß natürlich das Ballett hinein=
gezogen werden; die große französische Oper will es so und
auch in Rußland muß das Ballett auf jeden Fall während des
Opernabends ins Treffen rücken, mag es nun in den Gang des
Ganzen passen oder nicht. Von den beiden Tänzen halten wir
den ersteren für den originelleren; nur die Mitte ist zu gedehnt
und mit dem ewigen übermäßigen Sekundengewinsel auf die
Dauer schwerverdaulich; der zweite Tanz steht zu einer sehr
bekannten Weise in Rossinis „Wilhelm Tell" in naher Ver=

wandtschaft. Vorher geht noch ein Männerchortrinklied; was es an dieser Stelle soll, ist schwer zu sagen und noch schwerer zu begreifen; bei Stiftungsfesten von Liedertafeln und ähnlichen Anlässen erfüllt es wahrscheinlich viel besser seinen Zweck. Der „Dämon" singt seine Monologe am liebsten in Gounodscher „Faustmanier", das Finale macht große Kraftanstrengungen, aber dem Tumult fehlt die bezwingende musikalische Gewalt.

Dem dritten Akt wird ein stimmungweckendes Orchester=
vorspiel vorausgeschickt; die erste Szene zwischen Engel und Dämon könnte füglich wegfallen, weil sie musikalisch zu wenig ins Gewicht fällt. Tamaras Gesang zum Beginn der zweiten Szene: „Ach, wie schwül ist die Nacht" enthält manchen sinnigen Zug, aber überflüssige Wiederholungen und schlechte Deklamation (überhaupt der wunde Punkt bei Rubinstein!) paralysieren das Schöne und Gelungene. Wie bereits bemerkt, nimmt das große Duett Anläufe zu gesteigerter Leidenschaft; aus diesem Grunde scheint es uns die beste Nummer der ganzen Oper.

In Rußland hat der „Dämon" seit Jahren auf den Bühnen mit glänzendem Erfolge sich behauptet und bis heute fast an die dreihundert Aufführungen erlebt; in Deutschland aber ist er wohl auch auf mehreren Bühnen erschienen, einige Male gegeben worden und bald wieder verschwunden.

VI.
Anton Rubinsteins Oratorien.
(Geistliche Opern.)

„Das Oratorium ist eine Kunstgattung, die mich von jeher zum Protest stimmte;" mit dieser unzweideutigen Wehklage beginnt Rubinstein (im zweiten Bande der von Jos. Lewinsky herausgegebenen Sammlung „Vor den Koulissen") seinen Aufsatz; er ist um so beachtenswerter, als der Komponist bekanntlich äußerst selten nur zur Feder gegriffen und überhaupt ein Freund der musikalischen Schriftstellerei und ein Feind aller kunstphilosophischen Deduktionen gewesen. Hören wir nun, wie er Anwalt seiner eignen Sache wird.

„Die bekanntesten Meisterwerke dieser Gattung haben mich (nicht bei ihrem Studium, sondern beim Hören in den Aufführungen) immer kalt gelassen, ja oft geradezu mißgestimmt. Die Steifheit der Formen, sowohl der musikalischen, wie insbesondere der poetischen, erschienen mir stets in völligem Widerspruch zu der hohen Dramatik der Stoffe. Unwillkürlich erfaßte mich der Gedanke, fühlte ich, daß alles, was ich als Konzeroratorien erlebt, viel großartiger, packender, richtiger und wahrer auf der Bühne in Kostümen und Dekorationen, mit der vollen Aktion darzustellen sein müsse. Freilich müßten zu diesem Zwecke die Texte die erzählende Form verlieren und in die dramatische umgearbeitet werden, eine Arbeit, die mir als keine schwierige Arbeit erscheint und den musikalischen Teil in keiner Weise beeinträchtigen wird."

In diesen letzten Sätzen schlägt Rubinstein außerordentlich gering die Schwierigkeiten an, die jede Umschweißung heterogener Kunstgattungen mit sich bringt. Oder begnügt er sich mit textlicher Stümperarbeit, die es sich mit allem leicht und kein Gewissen daraus macht, jedwedes solange in ein Prokrustesbett zu spannen, bis es, wenngleich auch schmählich geschunden und ver=

krüppelt, sich der Form anbequemt, zu der sie vom Komponisten kommandiert werden. Das Epos stöhnt und seufzt, wenn es von rüpelhafter Handwerkerhand zu sogenannten „Dramatisierungen" genotzüchtigt wird; und jede derartige Vergewaltigung sollte nach denselben Paragraphen des Strafgesetzes beurteilt werden, die bei andern Verbrechen zur Anwendung gelangen. Ist doch zudem der Geist der Dicht= und Tonkunst viel empfindlicher und leichter zu verletzen als jedwedes andre Wesen, daher der zartesten Schonung dringend bedürftig. —

Rubinstein fährt fort in seinen Auseinandersetzungen: „Dem Einwand, daß biblische Stoffe ihrer Heiligkeit wegen nicht auf die Bühne gehören, kann ich nicht beistimmen. Es würde damit dem Theater ein testimonium paupertatis ausgestellt, ihm gegenüber Mißachtung ausgesprochen, während es doch gerade den höchsten Kulturzwecken dienen und entsprechen soll. Daß das Bedürfnis, heilige Stoffe auf der Bühne zu sehen, beim Volke seit jeher ein reges war, beweisen unter anderm die Mysterien des Mittelalters, der große Eindruck, den noch heute ein Jeder von Oberammergau, ungeachtet der mehr als naiven Musik, die zu den Passionsspielen geboten wird, mitnimmt. Wie mächtig müßte erst der Eindruck von Bühnenaufführungen Bachscher, Händelscher, Mendelssohnscher und andrer Werke sein!"

Hinter diesem Ausrufungszeichen ist nun freilich wieder ein sehr großes Fragezeichen anzubringen. Was für ein Zusammenhang besteht zwischen Oberammergau und den Bachschen, Händelschen und den Mendelssohnschen Werken? Wie Rubinstein selbst fühlt, liegt der Schwerpunkt bei den Passionsspielen nicht im Musikalischen, sondern im Theatralischen, oder wenn wir es noch richtiger bezeichnen wollen, in der szenischen Verlebendigung einer Reihe von Vorgängen aus der Leidenszeit Christi. Umgekehrt aber will Rubinstein, indem er auf Bach, Händel 2c. erinnernd hinweist, zweifellos auf das absolut Musikalische den Schwerpunkt gelegt wissen und wenn dies der Fall, bedarf es sicherlich keiner Bühne, keiner szenischen Hilfsmittel weiter zur Erreichung seiner Zwecke.

Weiter meint Rubinstein: „Da jedoch die Anschauung, daß es eine Entweihung dieser Stoffe wäre, wenn sie auf die Bühne gebracht würden, noch eine so allgemeine ist, daß ihr immerhin Rechnung getragen werden muß, so habe ich die Schaffung einer eignen Kunstgattung ins Auge gefaßt, die in einem eigens für diese Gattung zu erbauenden Theater ihre Stätte fände. Diese Kunstgattung wäre im Gegensatz zur weltlichen die „geistliche Oper" zu nennen, das Theater „geistliches Theater" im Gegensatz zum weltlichen Theater, mit einem Künstler- und Chorpersonal, eigens für die speziellen Zwecke herangebildet, mit besonderen Verhaltungsregeln für das Publikum. Es sollte gleichsam eine „Kirche der Kunst" entstehen. Es hieße diese Idee ganz falsch auffassen, wollte man darin ein meinerseits gewähltes Mittel zur Verbreitung, Vertretung, Förderung kirchlicher Interessen, Ziele oder Zwecke ersehen, für mich gilt nur einzig und allein die Kunstfrage, die mir in diesem Falle als eine hohe, schöne, der Verwirklichung würdige erscheint, frei von andern Interessen und Fragen irgend welcher Art.

So schwebt mir denn ein Theater vor, in welchem man in chronologischer Ordnung die prägnantesten Momente der beiden Testamente, allen höchsten Kunstforderungen entsprechend, aufführt."

Wozu aber bedarf's, fragt man sich, dazu erst eines eignen Theaters? Reichen dazu nicht vollständig unsre Kirchen aus, um in ihnen alle die musikalischen Kunstwerke religiösen Hintergrundes aufzuführen?

Wir können uns nicht helfen: Rubinstein läßt sich hierbei auf Schrullen ertappen, die mit gewissen geheimthuerischen Ideen Doktor Wagners im „Faust" große Ähnlichkeit haben. Das große Problem, einen homunculus auf künstlichem Wege, und nicht auf dem der natürlichen Zeugung zu bilden, war mindestens ebenso überflüssig in seiner Aufstellung wie das Rubinsteinsche Axiom: es müssen fortan „geistliche Theater" gebaut werden, damit eine „geistliche Oper" das ihrer allein würdige Gehäuse erhalte!

Indes verspricht sich Rubinstein das Beste von seinem Vorschlag: „Wenn nun ein derartiges Unternehmen ins Leben treten würde (begreiflicherweise ist dies bis zur Stunde nicht geschehen!), selbst nur für die Meisterwerke unsrer Klassiker (in der oben angedeuteten Umarbeitung — die freilich, wie oben entwickelt, nicht viel beßres als eine Verballhornung oder gar eine Entweihung darstellen würde —), es wäre damit schon ein genügend reiches Material für lange Zeit vorhanden. Doch aber scheint es mir wünschenswert, daß unsre jetzigen Komponisten sich auch dieser Kunstgattung befleißigten und das Material ferner bereicherten. Von schon vorhandenen Opern mit Unterlage biblischer Stoffe ist vielleicht nur der „Josef" von Méhul passend für die ‚geistliche Oper', alle andern nicht, weil ihre musikalische Ausdrucksweise eine zu weltliche ist und die Behandlung der Stoffe den Gesetzen der weltlichen Oper zu sehr entspricht, z. B. durch Einschaltung von Liebesszenen, die in der heiligen Schrift nicht angedeutet sind. Diese sind aber durchaus nicht als prinzipiell ausgeschlossen zu betrachten, — sie dürfen nur nicht erdichtet, sondern müssen die im Stoffe vorhandenen sein, z. B. Judith und Holofernes, Simson und Delila, das hohe Lied und viele andre; sogar Ballett, insofern es im Stoffe angedeutet, ist zulässig, darf aber nicht den modernen Ballrhythmen wie Walzer, Polka und andern entsprechen, sondern muß das orientalische Kolorit an sich tragen."

Also soll am Ende das Kolorit, und zwar das orientalische, in der ganzen Sache den Ausschlag geben? Das hieße denn doch das Mittel zum Zweck erheben, den Schwerpunkt ins Äußerliche verlegen; ganz abgesehen noch von der Gefahr, es möchten unsre Ohren beim Hören so gehäuften orientalischen Kolorits letzteres überdrüssig werden und zum Teufel wünschen. Und wenn nach Rubinstein Liebesverhältnisse fraglichster und bedenklichster Natur, wie die zwischen Judith und Holofernes und „Simson und Delila", bloß deshalb in den „geistlichen Opern verwertbar sein sollen, weil sie kanonisches Ansehen genießen, warum sollen dann die Rechte des Dichters verkürzt werden, der vielleicht ein viel würdigeres oder mindestens gleich stichhaltiges Liebesmotiv in die Gesamthandlung einzuflechten versteht? Was den heiligen Männern beider Testamente zu berichten und zu motivieren gestattet war, das soll auf einmal unsern Poeten verboten sein? Das grenzt an Prüderie und setzt bei dem Dichter einen eunuchenhaften Zustand voraus.

„Das Bestehen eines geistlichen Theaters neben einem weltlichen erschien mir in der ganzen kultivierten Welt, in jeder größern theaterfähigen Stadt nicht nur ein mögliches, sondern sogar ein notwendiges, sind doch Oratorien überall an der Tagesordnung. Es bedarf eben der Verpflanzung vom Konzertsaal auf die Bühne."

Mit andern Worten: Rubinstein will uns mit einem neuen „ästhetischen Unglück" bedenken und eine Stilvermengung sanktionieren, von welcher man, wie vorliegende Beispiele bestätigen, nur schlimmstes zu hoffen hat. Denn das Oratorium wurzelt mit allen Fasern 'einer Daseinsbedingungen in der Kirche; ihm die Bühne aufdringen wollen, heißt ihm die Lebensadern unterbinden, das priesterliche Element ins komödienhafte ummoden, die innerliche Weihe mit überflüssigem Aufputz belästigen, wenn nicht gar sie zerstören; dem „geistlichen Element" den weltlichen Theatermantel umwerfen.

„So habe ich denn selbst mein in Gedanken an die Bühne entstandenes ‚Verlorenes Paradies' zuerst als ‚Oratorium' erscheinen lassen, später aber, von der nie ganz aufgegebenen Idee wieder angetrieben, das Werk geändert und es ‚geistliche Oper' genannt; ebenso erging es mir mit dem ‚Turmbau zu Babel'. Und da ich die Hoffnung auch heute nicht aufgebe, daß mein Plan früher oder später einmal wird aufgenommen werden, so schreibe ich meinen ‚Kain und Abel', ‚Moses', ‚Das hohe Lied' und ‚Christus' in dieser Weise, ob der Tag der szenischen Darstellung kommen möge oder nicht, gleichviel!" —

Alle Ehre einem denkenden Künstler, der sich zum Aufsuchen ungewohnter Geleise und Stoffe gedrungen fühlt; und wenn seine Muse sich vorzugsweise mit den Heilsgeschichten und Heilswahrheiten des alten und neuen Testamentes beschäftigt, wer möchte ihr deshalb gram sein und gegen sie den Vorwurf einer bedenklichen Einseitigkeit erheben? Vielmehr muß ihr ein hoher Ernst nachgerühmt werden; aber man begreift nicht recht, worin denn eigentlich das Neue dieser Gattung bestehen, worin sie sich wesentlich unterscheiden soll von dem alten, wohlakkreditierten Oratorium. Warum großes Aufhebens von der Schule, der Kostümierung, Inszenierung machen, wenn der Kern ganz und gar in den alten Voraussetzungen wurzelt? Oben bereits ist auf die prinzipielle Überflüssigkeit dieser sogenannten neuen Gattung hingewiesen worden. Schon der Umstand, daß in der „geistlichen Oper" der Schwerpunkt in den Chor verlegt wird und nicht in das dramatische Gegeneinander, macht ihren Charakter problematisch und bringt schillernde Unbestimmtheit mit sich. Wo der Chor mit solchen Sendungen betraut wird, da kann unmöglich von der durchgreifenden Entfaltung eines dramatischen Konfliktes die Rede sein; Epos und lyrisches Stimmungsbild schließen viel häufiger einander aus, als daß sie sich so ergänzten wie Wurzel und Baumblüten; wo diese Erkenntnis fehlt, wird an den betreffenden Produkten immer ein hermaphrodites Element haften bleiben.

Es klingt geradezu dilettantisch-erheiternd, wenn Rubinstein weiterhin, um die Bedenken gegen seine vorgeblich neue Kunstgattung zu beschwichtigen, vorschlägt: „Auch kann ja bei der heutigen, entschieden zu empfehlenden Anwendung von Statisten das Agieren der singenden Massen auf ein Minimum reduziert und dadurch eine große Schwierigkeit, nämlich das In-Taktesingen während des Agierens gehoben werden." Sehr zutreffend erblickt Aug. Wellmer darin weiter nichts als ein theatralisches Hilfsmittel, das in der weltlichen Oper am Platze sein mag, für eine geistliche Oper jedoch, in der aller Schein zu vermeiden wäre, kaum empfehlenswert sein dürfte. Überhaupt läßt sich der Apparat der weltlichen Bühne nicht trennen von dem des geistlichen Theaters und deutet diese Thatsache nicht schon auf einen unlösbaren Zusammenhang hin zwischen der weltlichen und „geistlichen Oper"? Alles kommt schließlich, wie Wellmer ausführt, darauf an, von welchem Geiste der Leiter eines solchen Instituts und das demselben angehörige Künstler- und Chorpersonal erfüllt wäre, aber nur wenn man die Leitung des geistlichen Theaters in die Hand der Kirche legte, würde es möglich sein, Mißbräuchen, wie sie sich in die geistlichen Schauspiele früherer Zeiten einschlichen, entgegenzutreten. Die Kirche wiederum würde die Kunst als Mittel zum Zweck der Förderung kirchlicher Interessen ansehen, damit aber würde die Frage aufhören, eine reine Kunstfrage zu sein — und dagegen hat ja Rubinstein für seinen Teil feierliche Verwahrung eingelegt. Auf allen Linien tritt uns in diesen Entwickelungen ein logischer Wirrwarr, ein Unreifes, Unausgegohrenes entgegen, wie es jeder Sache anzuhaften pflegt, der ein zwingender Untergrund fehlt, aus welchem sie hervortreibt, wie der Tannenbaum aus der noch so bodenarmen Felsenspitze: der Baum drängte nach der Höhe, weil er nicht anders konnte und weil die Natur ihm befahl, dort Wurzeln zu schlagen, wo kein andres Samenkorn auf Fortgedeihen hätte rechnen dürfen.

Dieser Drang und Zwang nun wird vollständig vermißt bei einer Doktrin, die wie diese Rubinsteinsche nicht weiß „warum", „wo an", „wo aus". Er wird aber auch vermißt nicht allein in der Doktrin, sondern in den Werken selbst, weil sie in ihrer Zwitterhaftigkeit unmöglich überzeugen und durchgreifen können.

Sein op. 54, „Das verlorene Paradies" will der Komponist, nach seinen eigenen Worten, als „geistliche Oper" aufgefaßt wissen. Nun ist das einer jener Begriffe, bei dem man sich alles und auch nichts denken kann. Einmal hat das „Geistliche" von Haus aus nichts mit der Oper zu schaffen, und andrerseits wieder, vorausgesetzt, daß wirklich einmal ein geistlicher Stoff ausnahmsweise zu Opernzwecken ausgebeutet wurde, bedingt die Opernform eine ganz andre Behandlungsart und drängt auf szenische Darstellung. Letztere aber wird angesichts dieses, noch vor die Erschaffung der Welt im ersten Teile zurückgreifenden Textes zur reinen Unmöglichkeit; wir sehen also, der Begriff geistliche Oper schwebt zwischen Himmel und Erde, halb in chaotischer Finsternis, hat keinen festen Grund unter den Füßen und ist in sich durchaus widerspruchsvoll. Zudem ist er gänzlich überflüssig, denn mit der üblichen und weit richtigeren Bezeichnung: „Oratorium nach Worten Miltons", wird alles zur vorläufigen Orientierung über dessen Charakter gesagt. Alles, was man vom rechten Oratorium verlangt, wird hier geboten: ein bezüglich der textlichen Unterlage vom Profanen abgewandter Inhalt, Chöre von vorzugsweise polyphoner Haltung, Soli verschiedenen Gepräges, bald den Vokalen sich unterordnendes, bald vielgestaltiges, selbständiges Eingreifen des Orchesters; das „Verlorene Paradies" reiht sich mithin vortrefflich in die Rubrik „Oratorium" ein und wir wüßten nicht, inwiefern es über sie hinausragte. Alles in allem sind auch hinsichtlich der Chorbehandlung für Rubinstein vor allem Mendelssohns „Paulus" und „Elias" als Vorbilder maßgebend geblieben. In vielen Chören bereitet sich der äußere Aufbau in derselben Weise vor wie dort, ein Abzielen auf Glanz und Massenwirkungen läßt sich nicht verkennen, besonders stark tritt es hervor in den Abschlüssen des ersten und zweiten Teiles: „Freudengesang erfülle rings die Welten" und „Hell erklingt des Himmels Drommete"; auch die vielfach weiblich-weichen Züge, wie sie in den kürzeren ariosen Stellen durchblicken: „Wohl hat der Himmel den Sieg gewonnen", oder „Sieh, wir liegen hier im Staube" erinnern vielfach an jene Mendelssohnsche Miniaturlyrik, für welche das bekannte Arioso: „Denn der Herr vergißt der Seinen nicht" so charakteristisch ist. Der Intention nach am großartigsten erscheint uns in diesem Werke der zu einem Ganzen zusammengeraffte Chor der Himmlischen und Empörer, des Satans und der Erzengel: „Auf zum Kampfe —

Flammen steigt auf". Die furchtbaren Kontraste Himmel und Hölle gleichzeitig vorzuführen, ist gewiß ein kühner Gedanke, erfordert aber zu wirksamer Durchführung eine noch gewaltigere Kraft als sie Rubinstein besitzt, der wohl Anläufe zum Großen hier nimmt, aber bald über dem Kampfe die Fahne aus der Hand sinken läßt. Und selbst wenn die Idee kompositionell noch glücklicher durchgeführt wäre, würde zu einer vokalen Veranschaulichung dieses Himmel- und Höllenstreites ein so starker Chor notwendig sein, wie er äußerst selten nur selbst in großen Musikzentren anzutreffen ist; denn jede der Gruppen der Himmlischen, der Engel, der Empörten muß in stolzer Phalanx einherziehen, wenn sie nicht sich lächerlich machen oder unterliegen will.

Der zweite Teil des Oratoriums, eine Schöpfungsgeschichte in nuce, füllt zweifellos die Glanzseiten der Partitur aus. Die Schilderungen der rasenden Gewässer, des stillen Leuchtens und goldnen Blinkens der Sterne, des Sichregens und Bewegens der lebendig gewordenen Erde, das sind Meisterstücke beschreibender Tonkunst; an Lieblichkeit und zartsinniger Erfindung allen voran schreitet der Chor: „Wie sich alles mit Knospen füllt". Man möchte dies anmutige Tonstück noch um die Hälfte verlängert wünschen, so unmittelbar wirkt es auf Ohr und Herz der Hörer.

In der Instrumentaleinleitung bleibt Rubinstein allerdings bei der Darstellung des Chaos weit hinter dem Vorbild in der Haydnschen Schöpfung zurück, obgleich er viel reichlichere Mittel dazu aufbietet als jener. Nichts finden wir hier, was sich, um nur an eine Einzelheit zu erinnern, jener genialen Stelle vergleichen ließe, wo sich bei Haydn eine helle Klarinettenpassage wie ein leuchtender Gottesgedanke aus dem finstern Wirrsal emporschwingt. Die Charakteristik des Satan ist kaum hervorhebenswert, der Höllenmeister singt viel zu wohlgesittet und revolutions-feindlich. Der Friedrich Schneidersche im „Weltgericht" bekennt besser Farbe. Wie in der Bachschen Matthäuspassion beim Gesang des Jesus das Streichorchester gleichsam den Glorienschein des Gottessohnes ausdrückt, so fällt den Streichern hier eine ähnliche Rolle zu, sobald „seine Stimme" als Repräsentant des guten, schaffenden Prinzipes sich äußert. Nur wundert man sich darüber, daß auch der Satan, der doch schon des Gegensatzes halber anders, trübe und schauriger illustriert werden müßte, meist nur vom Streichorchester in den Rezitativen begleitet wird. Alles in allem hinterlassen die beiden ersten Teile des Oratoriums, das ja eine weittragendere Bedeutung nicht beansprucht, einen weit günstigeren Eindruck als der textlich wie musikalisch-erfinderisch stark nachlassende dritte Teil.

Auch der „Turmbau zu Babel" (Dichtung von Jul. Rodenberg) befindet sich viel wohler in der Rubrik Konzertoratorium, als in der zwitterhaften Gattung der geistlichen Oper. In aller Gemütsruhe kann man zur Klarheit gelangen über den musikalischen Wert dieser Komposition. Da läßt sich nun vor allem die erfreuliche Beobachtung anstellen, daß im letzten Drittteile des Ganzen die Phantasieflugkraft des Komponisten weit nachdrücklicher ausholt als im Vorausgegangenen. Infolge davon macht der „Turmbau" von der Mehrzahl der Rubinsteinschen Schöpfungen, die gegen den Schluß hin auffallend matt werden, eine rühmliche Ausnahme und aus diesem Grunde schon verdient er eingehendere Betrachtung und gibt nachhaltigerem Interesse Nahrung.

Sobald einmal unter furchtbarem Blitz und Donner der Turm zusammengestürzt und alles auseinanderstiebt, belebt sich die bis dahin ziemlich schwach gebliebene musikalische Teilnahme erheblich. In der „Auswanderung der verschiedenen Völkerstämme" bietet Rubinstein zweifellos sein Bestes, das am meisten Charakteristische. Der Chor der Semiten: „Langsam schon mit andachtsvollem Lauschen" mit seinem stark synagogalen Anhauch an manche Nummer der „Makkabäer" erinnernd, namentlich an Leahs Gesang „schlaget die Pauke" ist in Kolorit und Rhythmik ebenso wohlgetroffen wie der der Hamiten:

„Wir wandern aus dem Quellgebiet des Euphrat fort
nach dem heißen Land".

Zu dem Wilden, Zerrissenen und Elementaren dieser Weise bildet nun der Chor der Japhetiten den lieblichsten Gegensatz. Hört man den Gesang:

Wo in tiefen Buchten das Meer erglänzt

mit seinem warmgefühlten Refrain:

„Da siedeln wir uns an"

so überschleicht uns ein ähnliches, wehmütig freudiges Gefühl, wie es den Schweizer wohl erfaßt, wenn er in der Fremde von weitem ein Waldhorn hört und von ihm versetzt wird in die Heimat seiner grünen Thäler und schneebedeckten Höhen. Man freut sich ordentlich, ein Nachkomme der Japhetiten zu sein, denen Gott solchen Gesang, solch warme Empfindung und zarte Melodien gnädig verliehen. Breit angelegt und mit großer Sorgfalt durchgeführt ist der Tripelchor am Schluß: Engel, Menschen, Höllengeister verbinden sich zu einem Tutti von kaum übersch= und überhörbarer Massenhaftigkeit; dazu nun noch die Orgel mit ihrer niederschmetternden Akkordmacht!

Wie bereits bemerkt worden, erwirkt dieser Schlußteil dem Ganzen eine siegreiche Entscheidung; wenn alles übrige, das nirgends wesentlich vom Mendelssohnschen Eliasstandpunkt sich entfernt, auf eine längere Lebensdauer und Eindrucksfülle kaum rechnen darf, so wird beides vielleicht diesen Lichtseiten der Partitur beschieden sein und der „Turmbau zu Babel" verdient es um des letzten Drittteiles willen, öfter hervorgesucht zu werden. Freilich stellt der Komponist nicht geringe Anforde= rungen an Chor, Soli und Orchester; besonders der Chor wird nicht geschont, andauernd in Atem erhalten und mit Auf= gaben bedacht, die ein sehr tüchtiges Können voraussetzen. Wo es schwer fällt, mit Doppelchören einigermaßen sich abzufinden, da steigert sich begreiflich die Not angesichts von Tripelchören; kurz, nur dort darf man sich an den „Turmbau" heranwagen, wo die reichsten vokalen Mittel zur Verfügung stehen; im andern Falle hat man sich eines nur problematischen Erfolges und eines Effektes zu versehen, der mit dem „babylonischen Sprachwirrwar" manches Betrübsame gemein hat.

„Sulamith, ein biblisches Bühnenspiel in fünf Bildern nach dem hohen Liede Salomos", betitelt sich das dritte Werk, in welchem Rubinstein seine Theorie von der „geistlichen Oper" zu verwirklichen sucht. Über die Geeignetheit des canticus can= ticorum (wie die Theologen das Hohe Lied Salomos benennen) zur dramatischen Behandlung, läßt sich bald einig werden, sobald man hinter ihm nicht bloß Allegorien, religiöse Symbole und Vorbedeutungen sieht, sondern einen zarten Liebesdialog konkretester Fassung findet.

Man kann mit Joh. Scherr in ihm die vollendetste Her= vorbringung der rein weltlichen hebräischen Lyrik erblicken, aus dem reizenden Gedicht alle Süßigkeit, allen Wohllaut eines liebetrunkenen und genußfreudigen Herzens, über die balsamischen

Gewürzgärten und grünenden Weinberge einer sonnigen Landschaft sich ergießen sehen, und in allem doch einen dramatischen Kern herausfinden: in dem Dialog stecken soviel Keime zu einer dramatischen Ausweitung, daß es dazu gar keines besonderen Phantasieaufwandes bedarf.

König Salomo hat auf einem Ausflug nach dem Libanon die Schöne kennen gelernt und von ihren Reizen entflammt, läßt er sie in seinen Harem bringen. Sulamith jedoch bewahrt ihrem ländlichen Geliebten die Treue und der König, gerührt von solcher Gesinnung, entläßt sie zur Wiedervereinigung mit ihrem Geliebten.

Herder schon fand in dem „Hohen Lied" eine wunderbare Dichtung, deren Stern und Kern die Liebe ist, die Liebe, die mit dem glühenden Sinn des Orients, ohne die verzärtelnde Schamhaftigkeit der neueren Zeit, aber mit dem sittlichen Geist des Hebräismus aufgefaßt ist; er betont in ihm den lyrischen Grundton, während vor ihm bereits ein angesehener Musiktheoretiker, Friedrich Wilh. Marpurg („Einleitung in die Geschichte und Lehrsätze der alten und neuen Musik, Berlin 1759, § 19" 2c.), das Ganze mit den Augen des Dramatikers betrachtete und es in Rede und Gegenrede zerlegend, ein Schriftstück herausbrachte, worin Schäfer und Schäferin das Brautfest Salomos verherrlichen sollen.

Hält sich also Rubinstein in diesem biblischen Stoff an das, was seinen dramatischen Absichten entspricht, so ist ihm daraus sicherlich kein Vorwurf zu machen; wäre ihm nur die musikalische Einkleidung in dem Maße gelungen, wie er selbst es sich gewünscht und der Gegenstand es erfordert, der ebenso sehr auf Reichtum in der lyrischen Detaillierung, auf große Steigerungen in der Dialogführung, als auf Bestimmtheit in Zeichnung der beiden Hauptrollen bringt, wenn anders nicht die Musik hinter der in aller orientalischen Farben= und Liebesglut prangenden Poesie zurückstehen soll.

Wäre das Werk diesen Voraussetzungen musikalisch gerecht geworden, es würde vielleicht „Sulamith" als die beweiskräftigste aller Rubinsteinschen „geistlichen Opern" zu bezeichnen sein. Bis jetzt hat sie erst sehr wenig Aufführungen erlebt und das Interesse für sie ist noch schwächer als für den „Turmbau" geblieben.

Daß der Stoff übrigens auch als Oratorium sich ver=

werten läßt, dafern das „Hohe Lied" allegorisch aufgefaßt, Christus als Bräutigam, seine Kirche als die Braut und so die Vereinigung der gläubigen Seele mit Gott hingestellt wird, liegt auf der Hand; in einem nachgelassenen Oratorium Karl Löwes begegnet uns das „Hohe Lied" in dieser Auffassung. Wie A. Wellmer an a. O. („Skizzen und Studien") mitteilt, befindet sich dort ein Schlußchor (als Bearbeitung des Chorals „Schmücke dich, o liebe Seele") auf die Textworte:

> Mög' er ewig wiederkehren,
> deiner Liebe Hochgesang,
> Trost der Seele zu gewähren,
> die da schmachtet lebenslang
> nach dem Einen ohne Fehle,
> nach dem Bräutigam der Seele . . .
> Christus ist der Bräutigam,
> und die Braut, die fromme, reine,
> seine liebende Gemeine.

Wie neuerdings die Zeitungen melden, hat Rubinstein nunmehr auch seinen „Moses" vollendet und damit seinen weitschichtigen Plan, der bereits oben ausführlicher zur Sprache gebracht worden, in versprochener Weise ausgeführt. Solange weder der Klavierauszug vorliegt, noch eine Aufführung davon erfolgt ist, kann natürlich über den „Moses" ein irgendwie stichhaltiges Urteil noch nicht abgegeben werden; vorläufig schwirren nur Mutmaßungen über den Stil, die Bedeutung des neuen Werkes durch die Zeitungsspalten; ist es wahr, daß Rubinstein es als „Opernoratorium" verstanden wissen will, so würde damit die Zwitterhaftigkeit der ganzen Gattung ausgesprochen sein und die gegen sie erhobenen Bedenken nur verstärkt werden.

VII.

Anton Rubinsteins Orchesterwerke.

(Symphonien, Ouvertüren.)

Wenden wir uns nun zu Rubinsteins Orchesterwerken, Symphonien ꝛc.

Auf die Ozeansymphonie (op. 56) hat Rubinstein offenbar selbst sehr großes Gewicht gelegt; hielt er es doch für notwendig, sie später einer umfänglichen Erweiterung zu unterziehen! In ihrer endgültigen Fassung und jetzigen Gestalt auf sieben Sätze angeschwollen, hat sie durch solche Erweiterung wohl kaum an innerem Werte gewonnen; uns will es vielmehr scheinen, als habe durch die getroffenen Einschaltungen das Ganze an Übersichtlichkeit eingebüßt. Die von Haus aus nicht allzu zahlreichen Lichtpunkte treten nun, von einer Unzahl übel angebrachter Arabesken verdeckt, in den Hintergrund, so daß man sich wohl fragen darf: lag überhaupt denn ein Grund vor zu solcher nachträglicher Aufbauschung? Sie beweist zudem, wie planlos das Ganze ursprünglich angelegt sein mußte, wenn der Komponist erst nach Jahren dahinter kommt: es fehlen meiner, zwar schon viersätzigen Symphonie, immerhin noch volle drei Abschnitte, also ziemlich die Hälfte. Soweit eine Geschichte der Symphonie des In- und Auslandes reicht, ist ein solcher Vorgang, ein derartiges symphonisches Additionsverfahren noch nie beobachtet worden. In diesem Sinne allein darf Rubinstein für sich die Paternität oder Priorität beanspruchen, die musikalische Originalität, in der alten Verfassung nicht eben stark hervortretend, wird auch in der Erweiterung nicht besonders fühlbar. Wäre der Komponist der guten mittelalterlichen, von Luther, wenn wir nicht irren, manchem seiner theologischen Freunde zugerufenen Mahnung eingedenk geblieben: „Getretener Quark wird breit, nicht stark!" so hätte er gewiß manche Breitspurigkeit sich und den Hörern erspart. Oder wollte er damit die

Majestät des Meeres, die Unübersehbarkeit, die Erhabenheit des Ungeheuers „Ozean" zur Anschauung bringen? Dann würde der betretene Weg immerhin noch bezüglich des Schlußergebnisses fragwürdig bleiben.

Er, im Prinzip der erbittertste Feind der sogenannten Programmmusik, geht in Praxis gerade in das verhaßte Lager über und so schildert er denn mit der peinlichsten Ausführlichkeit einen Seesturm, der freilich auf anderm Wege, als der Komponist will, uns beklommen macht und alle Schrecken einer Seekrankheit uns durchkosten läßt. Vergleicht man die Länge und dabei doch so bedenkliche Wirkung dieses Satzes mit der energisch Schlag auf Schlag losbrechenden Wucht des Gewitters in der Beethovenschen Pastoralsymphonie, so drängt sich der große Unterschied zwischen einem an Äußerlichkeiten hängenbleibenden Epigonen und dem mit kühner Hand aufs Ziel lossteuernden, großgestaltenden echten Symphoniker ganz von selbst auf. Verhältnismäßig am kompaktesten gestaltet ist der erste Satz; das glücklich erfundene erste Hauptthema erfährt eine vielfarbige Beleuchtung, leider verbrüdert sich der Seitensatz unverhohlen mit einer abgebrauchten Sentimentalitätsessenz. Von den Adagiosätzen erfüllt keiner das genügend, was der Geist des Adagio verlangt; selten ertönt eine aus seelischer Tiefe herausquellende, in breitem Zuge dahinwogende Melodie; das Meiste ist zusammengelesen, mehr kombiniert, als komponiert. Eine höhere Rangstufe wird mithin diesem Werke in unser Symphonielitteratur kaum einzuräumen sein, selbst wenn man dem Scherzo, dessen Humor allerdings kein Kaviar fürs Volk ist, eine gewisse Sinnenfälligkeit zugesteht. Wie ein so umsichtiger Kenner wie Ambros von diesem Werke sagen konnte: „hier rücke Rubinstein in die Sonnennähe Beethovens", das begreife, wer es kann; von einer Beethovenschen Sonnennähe verspüren wir hier nicht das Geringste und Rubinstein ist als Symphoniker überall nur ein Ikarus, der wohl zur Sonne fliegen möchte, aber mit seinen wächsernen Flügeln nicht allzuhoch emporklimmt und hinab fällt ins Meer, als der sengende Strahl sein künstliches Gefieder zerschmolzen. Außer Schumann ist von den neuesten Tondichtern in die „Sonnennähe Beethovens" nur Robert Volkmann und Johannes Brahms gerückt: diese beiden stehen denn auch als Symphoniker um Haupteslänge über Rubinstein.

In der sogenannten „dramatischen" Symphonie (Nr. 4,

=moll) wiederholt sich dieselbe Beobachtung wie bei der vor=
er erwähnten. Auch hier nimmt der Komponist mannigfache
nläufe zu gewaltigern Aussprüchen, aber so temperamentvoll
 beginnt, so pathetisch er ausholt, so versagt ihm doch zu bald
er Atem und was vielversprechend anfing, läuft auf musikalische
Irrsale und pomphafte Rhethorik hinaus.

Der erste Satz sucht leider wieder mehr in der Breite als
n der Tiefe das Heil, häuft barocke Einfälle aufeinander, ohne
nen ein rechtes Gegengewicht in gesunden, kräftigen, erheben=
en Ideen zu bieten und so nimmt man selbst die eigentlichen
raftstellen mehr für gelegentliche Schreckschüsse denn für eine
Kanonade, die ein weiser Stratege anordnet, um seinem
Schlachtenplan die Krone aufzusetzen und die feindlichen Reihen
u lichten.

Erquicklicher wirkt das mit rhythmischen Finessen ausge=
attete Scherzo; auch ihm käme sicherlich noch eine energischere
Straffheit sehr zu statten, aber es stellt sich dort, wo das In=
eresse zu erlahmen beginnt, glücklicherweise wieder eine kräftigere
Würze ein und sie wirkt auf das Gehör wie auf den Gaumen
in Pfefferkorn: es reizt die Lust am Genuß und hilft über die
Mattheit des Vorausgenossenen zeitweilig hinweg.

Das Adagio, der wunde Punkt in so vielen modernen
Werken, ist es auch in dieser Symphonie; will man gewissen
Kunstjeremiassen glauben, so habe unser Zeitalter überhaupt die
Fähigkeit zur Hervorbringung eines rechten, wahren Adagio ver=
oren; doch laßt nur den rechten Komponisten kommen mit einem
Herzen voll Gemüt und Seele, mit einer reichen Phantasie und
ie bitterste Jeremiade wird verstummen, das schönste Adagio
ertig werden.

Das Finale hat gleichfalls Mühe sich auf der Höhe er=
träglichen musikalischen Anstandes zu behaupten; und bis auf
inige überraschende Wendungen wüßten wir nichts an ihm
erauszufinden, was nicht auch ein weit geringeres Talent, als
as Rubinsteins geschrieben haben könnte.

Es fehlt nun einmal auch dieser Symphonie die unentbehr=
iche Gesundheit und Kernhaftigkeit in dem thematischen Material,
ielbewußtes Verarbeiten der ins Auge gefaßten Ideen, beweis=
kräftige Logik in der Entwickelung. Rubinstein stellt zwar in
em üblichen Rahmen orchestrale Gemälde hin, in denen der
der jener Einzelzug frappiert, Symphonien aber im eigentlichen

Sinne, in denen Geist und Phantasie die höchsten Flüge wagen und uns entrücken in ein höchstes absolut=musikalisches Tonreich, sind es nicht.

Wie man in der poetischen Litteratur von „Buchdramen" spricht und darunter solche Dramen versteht, die nur gelesen werden wollen und darauf verzichten, auf der Bühne aufgeführt zu werden, so giebt es auch in der musikalischen Litteratur „Symphonien", die dem Begriff der instrumentalen Kunstgattung nur mehr dem Namen, als dem Wesen nach genüge thun. Man könnte sie „Partitursymphonien" benennen. Kein Dichter höheren Strebens versagt es sich, auch der dramatischen Muse gelegentliche Ehrenbesuche abzustatten; ist er kein Berufener, so entstehen aus solchen Ehrenbesuchen die oben erwähnten „Buchdramen"; ebenso verhält es sich mit den Komponisten. Jeder, sobald er für Orchester schreiben und sich Luft machen will in einer größeren Instrumentalthat, wählt dazu die klassische Form der Symphonie; wie selten aber hat er vorher seine Kräfte geprüft und so schnallen sie sich erst Harnisch und Panzer um, ein kühnes orchestrales Abenteuer zu bestehen, aber der Arm ist zu schwach, das Schwert ausdauernd zu schwingen, der Mut zu klein, um das Große zu vollenden und so ziehen sie heim auf der Hälfte des Weges, kaum daß sie sich aufgemacht zu heldenhaftem Ausritt. Dieses Mißverhältnis zwischen Wollen und Vollbringen wird an gar vielen unsrer heutigen sogenannten „Symphoniker" wahrnehmbar; was sie zu Tage fördern, teilt ungefähr die gleiche Stufe mit den Buchdramen der poetischen Kollegen; an „Partitursymphonien" ist zu keiner Zeit Mangel gewesen und Rubinstein ist nicht der Letzte, der ihn je hätte empfinden lassen. Bis jetzt aber hat er nichts geschaffen, dem der Stempel echter Symphonik aufgedrückt wäre, weil ihm nur zu bescheiden jene Gaben verliehen sind, mit denen sich die höchsten Würfe wagen, die wichtigsten symphonischen Trümpfe sich ausspielen lassen.

Die fünfte Symphonie (G=moll, vor 10 Jahren erschienen) könnte man, wenn der Komponist selbst ihr noch keine andre Benennung gegeben, zum Unterschied von seiner „Ozean=", „dramatischen" ꝛc. vielleicht als „slawische" und besser noch als „südslawische" bezeichnen. Denn hier treten die Eigentümlichkeiten der südslawischen Weise in Melodie, Harmonik und Rhythmik überall so stark hervor, daß man annehmen darf, Rubinstein habe mit ieser Symphonie seiner engern Heimat eine bedeutende musikalische Huldigung darbringen wollen. In manchem seiner früheren Werke trifft man derartige Elemente vereinzelt allerdings gleichfalls an, aber in solcher Fülle, mit solcher Absichtlichkeit wie hier verwertet er sie dort nicht. Es sollte uns nicht wundern und spräche wenigstens für einige Konsequenz, wenn die Franzosen, im besondern die Pariser, die mit einer Lohengrinaufführung ihr vaterländisches Gefühl beleidigt wähnen, auch diese Rubinsteinsche Symphonie abweisen, weil sie durchaus nicht nach französischem Geschmack und möglicherweise für den Panslawismus Propaganda machen könnte. Bei dem starken Hervortreten der erwähnten slawischen Elemente drängt sich wohl die Frage auf: inwieweit assimiliert der Komponist sich bereits vorhandenen Weisen, welche Originale hat er vielleicht seinem Werke einverleibt? Fragen, die der Komponist freilich allein zu beantworten vermag, während wir nur soviel mit Bestimmtheit erkennen, daß Rubinstein mit rühmlichem künstlerischen Ernste an seine Arbeit getreten und dem ihm Erreichbaren redlich nachtrachtet.

Wie den Südslawen eine melancholische Grundstimmung eigen ist, die aber bei erster bester Gelegenheit und auch ohne eine solche in das Extreme überspringt, jetzt andächtig mit dem Rosenkranz beschäftigt scheint und in demselben Augenblick ausgelassener Munterkeit zugänglich ist, so bewegt sich auch diese Symphonie vorherrschend in den heftigsten Gegensätzen; die Lehre vom Kontrast, so bedeutsam und notwendig ihre besonnene Entfaltung für das Kunstwerk ist, scheint hier auf die Spitze getrieben und wie der Mensch, wenn ihm der Kopf unmittelbar auf die Beine gestellt wäre, ohne die Vermittelung des Rumpfes wunderbar verschroben aussehen würde, so bedarf auch die symphonische Entwickelung des vermittelnden Bindegliedes, wenn sie nicht ans Karrikierte streifen will. Bei Rubinstein hält besonders der erste Satz diese Grenzen nicht inne. Stellt hier der Komponist einer in Thränen zerfließenden Melodie schnurstracks einen hartfesten Tanz fast gassenhauerischen Gepräges gegenüber, wo bleibt dann das „schöne Maß der Gegensätze", von denen August Schlegel in seinem Sonett über das Sonett so beherzigenswertes gesungen? Wo bleibt die Brücke, die uns aus dem Thränenbade glücklich hinüberführt zur tollen Lust des Dorftanzsaales? Und wenn gegen den Schluß hin eine ernste

Choralweise alterniert mit dem oben erwähnten Tanze, so zwar
daß auf eine Zeile Hymne eine Zeile Tanz folgt, was anders
als launische Überspanntheit treibt hier ihr Spiel? Sie allein
mag sich an solchen gewagten Kombinationen ergötzen. Das
ganze erste Moderato assai finden wir aus diesem Grunde schon
fragwürdig in Wert und Wirkung, zumal es auch aus zu vielen
kleinen Abschnitten sich zusammensetzt, ohne ein größeres Ge
samtbild zu erzielen, und im Rhythmus zu sehr einer peinlichen
Unstetheit fröhnt.

Der zweite Satz, Allegro non troppo, beginnt slawisch
heiter, um im Trio mit einem ernsteren Fugato uns zu über
raschen und leise trippelnd abzuschließen. Das Andante weist
im Hauptthema nichts Absonderliches auf. Das Solohorn singt
am Anfang überaus herzlich, die Trompete greift charakteristisch
ein und alle Bläser beteiligen sich nach und nach an der Kan
tilene, uns mit gesättigtem Wohlklang übergießend. Im Allegro
vivace behält wiederum der Orient die Oberhand. Der Haupt
satz erinnert etwas an eine Ballettnummer in Verdis „Aida",
das Seitenthema mit der nachschlagenden Achtelbegleitung ist
freundlich bei echt slawischer Physiognomie, der Durchführungs
teil bietet mancherlei Interessantes. Der Abschluß sucht nach
äußerer Steigerung und findet sie auch. Für Rubinstein ist
diese G=moll=Symphonie auf alle Fälle sehr charakteristisch, aber
es fällt ihm schwer bei der ausgesprochenen nationalen Sonder
tendenz, das deutsche Ohr dauernd zu fesseln. Der Hörer
läßt sich nicht gern von einer Stimmung, einem Extrem in das
andre schleudern; beständig wechselt Andacht und Orgelklang mit
Tanzlust und Dudelsack; das mag wohl ganz gut dem Charakter
des südslawischen Volkes entsprechen, weil es gerade in derlei
Haltlosigkeiten die Würze des Daseins findet; deutscher Ge
sinnung aber entspricht solches nicht und dieses Verfahren ist
nicht einmal im strengen Sinne künstlerisch. Die Aufgabe der
Kunst ist es, die Gegensätze untereinander auszugleichen und
eine gewisse Ebenmäßigkeit im Ideengange herzustellen.

Die sechste (A=moll, dem Direktorium der Gewandhaus
konzerte in Leipzig gewidmet) führte vor einem Jahre der Kom
ponist an vielen Orten persönlich in die Öffentlichkeit ein. Auf
die Fragen: wie ist es mit dem musikalischen Wert der Neu
heit bestellt, welchen Rang nimmt sie unter ihren ältern Ge
schwistern ein, steht sie höher oder tiefer, eröffnet sie neue Aus

blicke oder bleibt sie auf der alten Warte stehen, wird sie die Welt in Bewegung setzen und einen Krieg der Meinungen heraufbeschwören, oder spurlos vorüberziehen? Auf alle diese Fragen ist zunächst zu antworten: Rubinstein ist in diesem Werke als Symphoniker noch weniger glücklich als anderwärts; die Erfindung hat an Reichtum verloren, das Individuell-Reizende tritt in den Hintergrund. Im ersten Satz kann ebensowenig das thematische Material erheblicher interessieren als dessen Verwertung; es zersplittert sich das Meiste unter seinen Händen, weil die geistig bezwingende Oberherrschaft unsichtbar geworden. Rubinstein läßt sich hier zu sehr gehen, nimmt auf gut Glück Stein auf Stein und fügt sie zusammen ohne Lot und Richtschnur; kein Wunder, wenn der Bau bald wacklig wird und von architektonischer Schönheit um so weniger die Rede sein kann, weil den Ideen Bedeutung, Zweck und Ziel fehlt.

Im zweiten Satz (Moderato assai) verspricht der Hauptteil mancherlei Zartes und Sinniges; es bewegt sich der Komponist ungefähr in der Empfindungssphäre wie Schubert, als er sein Lied schrieb: „Geheimes". Es spricht denn auch das Streichorchester manch trauliches, erwartungsvoll stimmendes Wort heimlich zu uns; leider zerbröckelt auch hier die Entwickelung trotz mancher pikanten Einzelheit; z. B. an jener Stelle, wo die Violinen summen und geschäftig schwirren wie die Bienen um einladende Blumenkelche, zerreißt der Faden und kurz erst vor dem Abschluß sucht er ihn wieder aufzunehmen. Von lieblicher Klangwirkung sind die duftigen, leise verhallenden letzten Akkorde. Am glücklichsten ist Rubinstein im Scherzo; hier schleudert er einen kecken Gedanken hin und führt ihn mit Geist, Witz und Behagen aus; das Trio dehnt sich vielleicht zu weit aus, es würde bei gedrängterer Fassung wahrscheinlich noch schärfer kontrastierend heraustreten.

Dem Finale liegt ein Thema mit Variationen zu Grunde. Seit Beethovens Eroica ist ein solches Finaleverfahren nicht mehr neu; Brahms hat es ja auch in seiner vierten Symphonie eingeschlagen; in beiden Fällen aber wurde das Endergebnis ein gewichtigeres, weil bei Beethoven wie bei Brahms die Variationen auf einem charaktervolleren Thema sich aufbauen und gewaltiger, frappierender einherschreiten. Rubinstein begeistert sich für eine Melodie, die ganz gut in: „Mendelssohnsche Lieder ohne Worte" ein Unterkommen gefunden hätte;

eine derartige thränende Elegie eignet sich zuletzt zu symphonischen Variationen; das kommt dem Komponisten gelegentlich selbst so vor und er fügt deshalb einen langen, unendlich breiten freien Satz ein, wo er sich tummelt wie ein Kosak auf seinen Rößlein. Mit Ausnahme des humoristischen, wer weiß wie viele Takte beanspruchenden Orgelpunktes der Oboe wüßten wir nichts zu bezeichnen, was von besonders fesselnder Bedeutung wäre. Alles in allem macht diese sechste Symphonie weder der „dramatischen", noch auch dem „Ozean" Konkurrenz; man erhält den Eindruck, als habe Rubinstein im ersten, zweiten und vierten Satz den Ruf der Muse nicht abgewartet, sondern flott weg auf eigne Faust die Partitur mit Noten gefüllt, ohne von höheren Inspirationen getrieben zu sein. So musiziert er denn fleißig darauf los im Vertrauen auf seine Schreibgewandtheit sie bewältigt denn auch soviel, als ihr überhaupt möglich; wo aber blieb das Werk der Erfindung, Sammlung, geistiger Erhebung?

Zu den in breiterem Rahmen gehaltenen Charakterstücken für Orchester als „Faust" (op. 58), „Iwan IV." (op. 79) „Don Quixote" (op. 87) haben bis jetzt nur wenige in ein näheres Verhältnis treten mögen; so wenig diesen Werken frappierende Einzelheiten abgehen, so widerstrebt doch ein Stoff wie z. B. der in „Iwan IV.", der musikalischen Behandlung zu sehr; dem Helden des Cerbantes hält Rubinstein wohl manchen guten, humoristischen Einfall in Bereitschaft, aber es bleibt die Einheitlichkeit zu vermissen, aus der allein das Bild der vom Dichter geschaffenen Gestalt klar und faßlich herauswächst.

Auch mehreren Soloinstrumenten des Orchesters hat Rubinstein lebhaftes Interesse zugewendet. Die Litteratur verzeichnet von ihm ein Konzert für Violine und zwei für Violoncello aus welchen Gründen es weder dem einen noch dem andern Werke gelungen, nachhaltiger die Beachtung der Violinisten oder Violoncellisten auf sich zu lenken und Bürgerrecht im Konzertsaale zu erwerben, braucht des näheren nicht erörtert zu werden

VIII.

Schlußbetrachtung.

Von den Tonschöpfern des neunzehnten Jahrhunderts sind es nur wenige, die von einem solchen Drange nach Universalität in ihrer Kunst beseelt waren, daß sie auf jedem Gebiete Säulen ihrer Thatenlust errichten mußten. Erinnern wir an Johannes Brahms und Robert Volkmann, diese Auserwählten unter den Berufenen, so ließ zwar auch diese Meister das Gerücht beschäftigt sein mit der Komposition einer Oper: ersterer sollte ein „lautes Geheimnis", letzterer gar einen „König Saul" in Arbeit haben und damit auch nach Rang und Würden trachten in dem Orden der Opernkomponisten: Robert Volkmann, der überhaupt unwillig werden konnte, wenn man ihn während der letzten Jahre seines Lebens an dramatische Vorwürfe erinnerte, schied von uns, ohne selbst nur erhebliche Bruchstücke von der einst in Aussicht genommenen Oper hinterlassen zu haben und Brahms hat vor kurzem erst versichert, er denke zur Zeit noch nicht im geringsten weder an ein lautes noch leises öffentliches Geheimnis. So beschränkten sich beide darauf in der höheren Instrumentalmusik das Szepter machtvoll zu schwingen. Rubinstein hingegen trachtete, wie oben bereits angedeutet, frühzeitig nach den Lorbeern des Opernkomponisten und damit, indem er alle übrigen Gebiete der Musik, von der Salon- bis zur Kammer- und Symphonielitteratur, mit zahlreichen Werken ausgebaut, hat er nach dem Kranz der Universalität mit kühner Hand und frischem Mut gerungen: das gereicht der Weite, der Ausdauer, dem hohen Fluge seines Strebens unter allen Umständen zur großen Ehre und es kommt dabei weiter gar nicht in Frage, ob er seine schöpferischen Kräfte denn doch nicht überschätzt und ihnen des Guten zuviel abverlangt habe. Und dabei ist vor allem zu bedenken: Rubinstein muß mit dem strengsten Maßstab gemessen werden; mit einem mildern würde man ihn beleidigen. Denn

wer ein Löwe ist, will nicht wie ein Lämmlein betrachte
und abgeschätzt werden.

Das Schönste und Beste, was Rubinstein geschaffen, gehör
nicht den großen, anspruchsvollen Kategorien der Oper, de
Symphonie an, sondern den kleinen Formen der Salon= un
Hausmusik, sowie der Liederkomposition. So manche seiner Duett
z. B. über die Goetheschen Dichtungen (in der Lermontoffsche
Übersetzung) bleiben an gefälliger Sangbarkeit nicht zurück hinte
den entsprechenden Gesängen von Mendelssohn; sie haben den
auch eine ähnliche Verbreitung gefunden wie jene und könne
auch Dilettantenkreisen nach wie vor aufs wärmste empfohle
werden. Eine Soloszene für Alt und Orchester, betitelt „De
Morgen", weist soviel individuelles wie originelles auf, daß ma
sich nur wundern kann, daß sie von unseren Sängerinnen nich
öfter berücksichtigt wird und wer unter seinen Liederheften such
wird manche genußreiche Ausbeute heimtragen. Wie Rubin
stein öfters klein im Großen, so erscheint er umgekehrt mei
groß im Kleinen; d. h. es gelingen ihm die glücklichsten Würf
nicht in der Oper oder Symphonie, sondern auf dem Gebiet
der Miniaturlyrik. Sie hat er mit mancherlei Perlen bereicher
deren Wert und Glanz so leicht nicht erbleichen wird. Und i
Hinblick auf sie darf Rubinstein der fröhlichen Zuversicht leber

„Ist der Leib in Staub zerfallen,
lebt der große Name noch!

IX.
Namen- und Sachregister.

Amerikanischer Enthu=
siasmus 8.
Auszeichnungen 9.

Bach, J. Seb. 19.
Bach, Ph. Em. 19.
Balakireff, Al. 29.
Becher, Dr. 4.
Beethoven, L. van 11.
20. 32. 77.
Bird, W. 18.
Blum, Robert 4.
Borodin, Komponist 40.
Brahms, Joh. 41. 72.
77. 79.
Bull, D. John 18.
Bülow, H. v. 33.

Chopin, Fr. 15. 26.
29. 35.
Clementi, M. 24.
Couperin 18.
Cui, Cesar 30.

„Dämon" 55.
Dehn, Prof. 3.
Dimitri Don 5.
Dirigentenbefähigung
16.
„Dramatische Sympho=
nie" 72.

Ehlert, L. 47.

Field, Joh. 24.

Gewandhaus, Leipziger
6. 7.
Glinka, Michael 29.
Goethe, J. W. v. 12.
13. 46.

Händel, G. Fr. 19. 20.
Hänselt, Ad. 24.
Hauptmann, Moritz 11.
Hauser, Fr. 11.
Haydn, Jos. 20. 66.
Heindl, Flötist 4.
Helene, Großfürstin 5.
Herder, Gottfr. 69.
Hummel, Jos. Nep. 24.

Kain und Abel 63.
Konservatorium, Leip=
ziger 7.
Konservatorium, Pe=
tersburger 7. 16.

Liadof, A. 30.
Liszt, Fr. 2. 14. 15.
24. 26.
Löwe, C. 70.

„Makkabäer" 50.
Marpurg, F. W. 69.
Marx, A. L. B.
Massenet, Komponist
54.
Mendelssohn, F. 23.
45. 56 65.
Meyerbeer 3.
Moscheles, Jg. 24.
„Moses" 63.
Mozart 3. 20.

„Nero" 53.
„Neurussische Schule"
28.
Nottebohm, G. 11.

Opern 49.
„Ozean" 71.

Paganini 15.
„Papagei", der 54.

„Partitursymphonie"
74.
Phidias, Bildhauer 11.
12.

Rameau, J. Ph. 19.
Rimski=Corsakoff 30.
Rubinstein (Mutter) 1.
Rubinstein (Vater) 2.
Rubinstein (Bruder) 3.
„Russische Musikgesell=
schaft" 6.

Saint=Saëns, Cam. 54.
Scarlatti, Dom. 19.
Schubert, Franz 23.
26. 57. 77.
Schumann, Robert 23.
36. 43.
„Sibirische Jäger" 5.
Spohr, L. 11.
„Sulamith" 69.

Tappert, W. 18.
Thalberg, S. 2.
Thoms, der Idiot 5.
Tschaikowsky, P. 30.
Tscherkesse 5.
„Turmbau zu Babel"
16. 67.

„Verlorenes Paradies"
63. 64.
Villoing (Pianist) 2.
Vogel, Bernh. 33. 41.
Volkmann, Rober 7.
72. 78.

Weber, K. M. v. 23.
49.
Weitzman, K. F. 35.
Wellmer, A. 70.
Winterberger, Alex. 47.

Inhaltsverzeichnis.

I. Anton Rubinsteins Lebens- und Entwickelungsgang nebst Charakteristik . . . .
II. Anton Rubinstein als Pianist . . . .
III. Anton Rubinsteins Klavierkompositionen und Kammermusik . . . .
IV. Anton Rubinsteins Lyrik . . . .
V. Anton Rubinsteins Opern . . . .
VI. Anton Rubinsteins Oratorien . . . .
VII. Anton Rubinsteins Orchesterwerke . . . . .
VIII. Schlußbetrachtung . . . .
IX. Namen- und Sachregister . . . .